皇明文衡卷之十五

辯

桂林志辯疑 三事

大凡事之有疑者不可以不辯苟辯之而不折[illegible]疑終不能釋桂林俗傳可疑者非一今特舉其著者而辯之餘可類推也

予聞桂林屬邑有周文王太伯孟母漢高祖張良韓信等廟莫究所以及觀建武志邕州亦有高祖祠云馬伏波征蠻會長請降願朝漢天子於是立高帝祠以祭之又父老相傳云宋胡穎守潭專毀淫祠惟前代帝王及忠臣烈士祠不毀後穎轉官廣西鄉人聞風皆以淫祠易以帝王名臣之號倖免一時相傳至今遂不能改以其所言近理彼溺於淫祀者尚當省哉

右淫祠

洪武戊寅冬璉偕桂林府照磨臨洮馬可俊如京師舟下清湘數十里有沉香名潭潭在石崖下有枯木橫置崖上相傳沉香言有神物呵護人不敢取取則致禍予既蓄疑未得其實因停舟崖前命可俊射之壘發數矢偶落其一片拾而視之甚輕紋理如桂木爇之則不香始知其為偽也桂林大墟下石崖上有一木亦云沉香後為人竊去皆此類也去沉香潭不遠有一石函謂諸葛武侯藏兵書于石崖上殊不知武侯平生出師未嘗至此又其所著書咸傳於世人莫不知其肯為詭秘之事哉此特好事者為之耳璉既辯沉香之偽因及此以釋世人之惑

右僞香

桂城伏波山下有一洞名還珠相傳前代有一漁者由洞口行數百步深入漸明朗見一物狀如犬瞑目而睡前有一珠甚光瑩因急懷歸官府尋知之意其爲異物亟命還之漁人復至故所此物睡猶未醒故世傳爲還珠洞或云漢馬伏波征交趾回載薏苡珠經此因得名至今未有定論然宋人題此洞有云稟稟威聲震百蠻肯將稛載溷溪山無人爲起文淵問端的珠還薏苡還以此觀之伏波之事無疑彼漁人之說涉於恠誕奚足信哉

右還珠洞

周正辯　周洪謨

或問南皐子曰唐虞夏后皆以建寅爲歲首今之曆是也周人以建子爲歲首是以子月爲正月乎曰歲首云者言改元始於此月是以此月爲正朔非以此月爲正月也曰正朔正月有以異乎曰正之爲言端也端之爲言始也正朔者十二朔之首史官紀年之所始也正月者十二月之首曆官紀年之所始也或曰正者長也正朔之爲第一朔正月之爲第一月猶長子之爲第一子也故皆可謂之歲首前乎商之建丑也書曰惟元祀十有二月是商之正朔以十二月爲歲首而非以十二月爲正月也後乎秦之建亥也史謂秦既拜天下始改年朝賀皆自十月朔故曰元年冬十月是秦之正朔以十月爲歲首而非以十月爲正月也由是推之則周人之建子者以十一月爲歲首而不以十一月爲正月也後世儒者不得其義故有紛紛不決之論漢孔安國鄭康成則謂周人

改時與月宋程伊川胡安國則謂周人改月而不改時獨九峯蔡氏謂不改時亦不改月至於元儒吳仲迂陳定宇張敷言史伯璿吳淵穎汪克寬輩則又遠宗漢儒之謬而力詆蔡氏之說謂以言書則爲可從以言春秋則不可從於乎四時之序千萬古不可易而乃紛更錯亂以冬爲春以春爲夏以夏爲秋以秋爲冬位隨序遷名與實悖雖庸夫騃子且知其不可而謂聖人乎秩四時奉天道以爲政者乃如是乎予懼學者惑其言未有不誣聖經以亂先王之法者矣故以易書詩周禮春秋論語孟子及汲冢周書史記漢書可以證諸儒論辯之失者參考而詳列於左云

易

易臨卦辭至于八月有凶程子謂八月者陽生之八月陽始生於復自復至遯凡八月自建子至建未也朱子本義亦從其說又云恐文王作卦辭時只用周正紀之按漢書武王克商之後始改周正況文王三分天下有其二以服事殷則文王固未嘗改正朔也善乎隆山李氏曰一陽復十一月至巳爲乾則陽極陰生一陰姤五月二陰遯六月三陰否七月四陰觀八月方建丑月卦爲臨二陽浸長逼四陰當此之時陽勢方盛至于八月建酉卦爲觀四陰浸長逼二陽則臨二陽至觀危矣故曰至于八月有凶所謂至于八月有凶者言之於臨則當自臨數而不當自復數以觀次臨則當數至觀而不當數至遯臨觀乃陰陽反對消長之常理文王於臨以八月有凶爲戒其義甚著豈可外引遯卦謂周八月哉然則文王奉商正者也而此所謂八月乃夏正八月則商周之不改

時與月者觀於此亦可見矣

書

三正之說始於夏書怠棄三正之文傳謂子丑之建唐虞以前當已有之愚則以爲唐虞以前固不可考伊尹謂商革夏正汲冢周書亦謂湯改正朔以建丑之月爲正則改正自商始也董仲舒謂舜承堯改正朔此則謬妄觀堯老而舜攝也書曰正月上日受終于文祖舜老而禹攝也又曰正月朔旦受命于神宗則舜始終用堯之正朔也明矣至於禹承舜亦以建寅爲正未聞其迭建子丑三正並用也則子丑之正固非當時之制有扈氏何爲而怠棄之乎蓋三正必有所指意如三極三綱之類非後世之所謂三正也泰誓曰惟十有三年春大會于孟津武成曰惟一月壬辰旁死魄戊午

師逾孟津蔡氏以爲孟春建寅之月是矣漢孔氏以一月爲建子之月而泰誓又繫之以春故遂以子月爲春是謂周人改時與月可謂謬矣班固作前漢志亦因其說以武王伐紂爲建子之月而又引伶州鳩言武王伐紂之日歲在鶉火月在天駟日在析木辰在斗柄星在天黿近世汪氏謂以唐曆溯而上之日月星宿無一不合是皆惑於子爲歲首之義耳要之武王伐紂不在子月又何必揆以子月之星象而實其所無之事哉曰何以知武王伐紂之不在子月耶曰周未改時與月也曰何以明之曰於周詩周禮而見之也周人作詩其論陰陽寒暑皆合乎四時之序周公作禮其陳法制禁令皆順乎四時之宜此皆昭如日月而不可掩者後儒不信聖人之經而信傳記之說亦獨何哉又如金縢曰秋大熟未穫

必酉戌之月然後可謂大熟如仲夏季夏爲秋何以謂之大熟乎穆王命君牙曰若蹈虎尾涉于春冰必孟春東風解凍然後冰不可涉如仲冬季冬爲春則何冰之不可涉乎是周之不改時與月者觀於書爲可見矣

詩

豳風之詩說者皆謂豳乃夏之列國故周公述先公豳俗之事必以夏正爲言殊不知曆數之紀三代一轍何必謂周公以夏時述夏事也借使豳風爲然則何故他詩之言時月者亦皆從夏正乎且堯時仲夏日在鶉火大火昏中至周公時歲差既多則六月日在鶉火大火昏中七月日在鶉首而昏中大火已西流至未矣故周公據目前所見而曰七月流火使以夏時追述夏事則又何不驗以夏時之星象而據當時之星象以言哉至於下章云十月改歲言時至冬歲事將改亦猶堯典稱冬爲朔易之義或曰以正朔之始於子終於亥者爲改歲非謂改十一月爲正月也曰流火曰改歲是周公即當時之星象正朔以告成王使之易曉豈以夏時而述夏事哉東萊呂氏不察其說而謂三正通於民俗尚矣周特舉而迭用之耳朱子亦謂周歷夏商其未有天下之時固用夏商正朔然其國僻遠無純臣之義又自有私記其時月者故三正皆嘗迭用是謂周之先公私有紀候之法故云十月改歲然既以十月爲改歲則又何以云二之日爲卒歲乎是其一篇之中自相矛盾而不可通矣元張敷言因其說又謂周之月數皆改必其朝覲聘問頒曆授時凡筆之史冊者則用時王正朔其民俗歲時相與話言則皆以寅月起數史伯通

又因其説謂詩詠歌之詞所言以寅月起數者即所謂民俗歲時相與話言者也是不知周禮朝覲之類皆從夏正而詩人之詠歌者未必皆民俗之言如出車之勞還帥臣工之戒農官是果民俗之言乎且三代三正之建各新一代之制在上者不可紛更迭用而惑生民耳目在下者不可徇私立法而違時王之制度子思子生於周末猶謂今天下車同軌書同文以見制度之歸於一也豈有三代盛時而使民家異政人異法者哉或又謂一之日二之日者是以子月起數殊不知一之日者一陽之日二之日者二陽之日三之日者三陽之日四之日者四陽之日是以六陽先後之序數日而非數月也變月言日者以文之順爾是豈以子月起數而私立紀候之法哉然而詩之與夏正合者不止於豳風而已出車之詩云春日遲遲卉木萋萋則夏正之春也如仲冬季冬爲春何以見草木之榮乎四月之詩云秋日淒淒百卉具腓則夏正之秋也如仲夏季夏爲秋何以見草木之瘁乎曰四月維夏如子月起數則當云二月維夏也曰六月徂暑如子月起數則當云四月徂暑者也小明之詩云二月初吉載離寒暑乃大夫西征之日也其後作詩則曰昔我往矣日月方奧如以十二月爲二月何以謂日月之燠乎此周之不改時與月者觀於詩爲可見矣

周禮

新安汪氏謂周禮凡言正月指子月歲終指丑月正歲指寅月州長正月屬民讀法正歲讀法如初言初則正月居先可知矣若以寅月爲正月不當又有正歲也陋哉言乎如周既

以子月爲正月則明年之亥月方爲歲終也何遽以次月之建丑者爲歲終哉既以寅月爲正歲則子月方讀法而寅月又何遽讀法如初哉蓋正月指寅月言歲終指亥月言正歲指新歲言周禮每以正月歲終正歲爲序蓋正月既舉其事歲終則會其成而來歲復舉之如初故州長於正月屬民讀法歲終會其政令正歲讀法如初言來歲之正月又讀法如令歲之正月不曰正月而曰正歲以上文正月爲嫌故別而言之猶俗云新正之歲也又冢宰以正月懸治象之法於象魏而小宰歲終則令羣吏致事正歲則帥治官之屬觀治象是冢宰之懸治象者言於今歲之正月而小宰之帥屬觀者言於來歲之正月彼此互文以見每年冢宰懸治象小宰帥屬觀者皆在正月也況冢宰懸治象者浹日斂之則不過旬

日而即斂之矣如汪氏之說則子月冢宰懸治象又何待至寅月而後小宰帥屬往觀哉不特是耳如周改時與月則凡周禮所載如山虞之仲冬斬陽木者乃在九月仲夏斬陰木者乃在三月而失陰陽之義矣馮相氏之冬夏致日者非冬至夏至春秋致月者非春分秋分而失日月之次矣大司馬之春蒐夏苗秋獮冬狩者取非其時不亦暴殄天物乎薙氏之春令爲阱擭溝瀆秋令塞阱杜擭者動非其宜不亦反失民利乎至於凌人十有二月斬冰與詩言二之日伐冰者如合符節是皆周公所作燦然昭白不待辯而明者也若以十二月爲十月則又何冰之可斬乎是周之不改時與月者觀於禮爲可見矣

春秋

春秋春王正月之書程子謂周正月非春也假天時以立義胡氏謂建子非春也以夏時冠周月朱子亦謂周人改月而天時不可改春秋月數乃魯史之舊文而四時之序則孔子之微意是三子者皆謂周人改月而不改時意如十一月爲正月而時則仍爲仲冬十二月爲二月而時則仍爲季冬正月爲三月而時則仍爲孟春然以今年之十一月爲正月而繫之仲冬繼以明年之十月爲十二月而繫之孟冬以月論時則時之孟仲失其倫以時論月則月之始終紊其序豈聖人平秩四時之義哉若然則周詩所稱寒暑之節皆失其度周禮所載法制之事皆違其時矣魯用周正朔者也周之詩禮魯之春秋皆周正朔之所在又皆孔子之删定筆削者其制何得而異哉可堂吴氏謂周人不特改月而又改時以齊其年春秋所書之春卽夏之仲冬正月卽夏之十一月此則襲漢儒之謬而不足辯者也新安汪氏亦謂魯史名以春秋則以元書曰春正月是周曆已改子丑月爲春又謂周以子月爲歲首而春秋以寅月爲正月每年截子丑月事移在前一年若然則春秋之所謂正月者乃魯史之三月而二百四十二年之事皆非當時之月日矣聖人豈爲之哉蓋周之正朔以子月爲首而曆數仍以寅月爲首商不改夏之曆數周不改商之曆數魯不改周之曆數春秋不改魯之曆數但魯史紀年必始於冬十一月所以遵周正朔也春秋紀年則始於春王正月所以埀法後世也是春秋之於魯史未嘗改其時月但其編年所始之月爲不同耳曰魯旣用周正朔則魯公卽位皆當以正朔行之而在十一月何乃書於正月乎曰

按周禮朝覲會同巡守祭享凡國之大事皆從夏正初不始於正朔之月書載四月成王崩而旬日之後康王即位亦不用夫正朔之月則魯公即位豈必以正朔行之乎故春秋公即位書於正月者七書於六月者一各據其事以書也曰若從夏正則災異之紀多所不合如隱九年三月癸酉大雨震電庚辰大雨雪若以三月爲建辰之月則大雨震電何足以爲異乎曰不然左傳大雨霖以震又云雨三日以往爲霖蓋建辰之月雷電固所宜有而雷雨交作已皆三日故經以震電繫於大雨之下以見其非常過度固可爲異而雨雪之大尤可爲異故春秋書之以記異也安在其不爲異乎亦若後世晉泰始六年六月大雨河洛並溢流四千餘家安知春秋之書大雨者亦必不類乎此也曰三月之大雨雪者固爲異

矣而桓八年冬十月雨雪僖十年冬大雨雪者何足以爲異乎僖二十九年秋大雨雹者固爲異矣而昭三年冬大雨雹四年正月大雨雹者何足以爲異乎曰桓八年冬十月雨雪此或有缺文恐雨雪上當有大字如僖十年冬大雨雪也蓋雨雪雖當其期而大多過度則亦爲異故書曰大猶洪範所謂極備凶也安得不爲異乎亦若後世漢元狩元年冬十二月大雨雪民多凍死安知春秋之書大雨雪者亦必不類乎此也至於雹者陰陽和則爲霜雪雨露不和則爲雹雹且大焉則雖冬且爲異況秋與春安得不爲異乎亦若後世漢元封三年十二月雹大如馬頭安知春秋之書大雨雹者亦必不類乎此也曰桓十四年春正月無冰成元年二月無冰又十六年正月雨木冰襄二十八年春無冰若以夏正言之則

何以皆書於春而不書於冬乎故汪氏謂苟以發冰而知無冰則當常以二月而不有正月矣若曰或藏冰無冰而書無或發冰無冰而書無抑何紀事之錯亂哉曰不然周人以十二月鑿冰正月納冰二月發冰今正月無冰若以爲十一月則十一月無之而十二月有焉亦又何害是十一月之無冰者固不足書也要之正月無冰者言藏冰之月無冰可藏則冬之無冰者可知矣二月無冰者仲春獻羔開冰先薦寢廟今當廟薦而無冰焉則凡以後之祭無冰者可知矣不言凌陰廟薦之無冰而但曰無冰者聖人諱之此正春秋因事而書以垂鑒戒之法也何乃謂紀事之錯亂哉襄一十八年春無冰者亦猶正月二月之無冰也至於正月雨木冰孔氏謂仲冬時猶有雨雨着樹爲冰記寒甚之過其節度殊不知魯

地仲冬極寒有雪無雨使雨而成冰亦不爲過何足爲異必孟春之月三陽開泰而猶雨木冰故書之以記異亦猶後世魏黃初六年正月雨木冰而鄱賊起安知春秋之書雨木冰者亦必不類乎此也若以正月爲十一月則正月無冰者既謂仲冬當冰而無冰矣正月雨木冰者又謂仲冬不當冰而冰無乃若汪氏之所謂紀事錯亂乎曰莊七年秋大水無麥苗說者謂五月麥熟苗秀大水漂盡若以爲七月則何有麥苗耶曰四月麥秋至則已刈麥至五月則刈已盡經言秋無麥苗言七月大水苗既爲水所漂固無可望而麥之利未乂又皆已盡故曰無麥苗亦猶二十八年冬書曰大無麥禾也曰定元年十月殞霜殺菽何以書乎曰諸災異皆可通惟此爲不可通恐有缺文誤字　如君氏郭公之類秦火之餘漢隸

之後安保其傳録之無訛也曰陳定宇謂春蒐夏苗秋獮冬狩四時田獵定名也桓四年春狩于郎哀十四年春西狩獲麟此所謂春非冬而何定十三年夏大蒐于比蒲昭十一年五月大蒐于比蒲此所謂夏非春而何曰否陳氏但引其所可通者而不敢引其所不可通者春秋書狩者四書蒐者五桓四年春狩于郎哀十四年春西狩既以為冬矣則僖二十八年冬天王狩于河陽莊四年冬狩于禚者又當皆爲秋也是冬狩之果有定名乎昭十一年五月蒐于比蒲定十三年夏蒐于比蒲既以為春矣則昭八年秋蒐于紅二十二年春蒐于昌間定十四年秋蒐于比蒲者又當爲夏與冬也是春蒐之果有定名乎其不足爲證也明矣曰汪氏謂左傳僖五年正月日南至禮記正月日至陳定宇引晉卜偃及漢陳寵傳之說張敷言引絳縣老人之語其言皆彰彰然也豈不足徵乎曰易書詩周禮皆可信矣諸儒乃捨之而反信左氏漢儒之說左氏漢儒不得聖人作經之義未有不妄意增改而附會穿鑿者矣果何足徵之有哉是周之不改時與月者觀春秋爲可見矣

論語孟子

論語曾晳曰暮春者春服既成浴乎沂風乎舞雩詠而歸此其爲建辰之月和煦之時審矣如以爲建寅之月則何以浴沂而風舞雩之下乎孟子言七八月之間旱朱子以爲夏五六月十一月徒杠成十二月輿梁成又以為九月十月意謂申酉之月禾稻將熟不須雨澤而子丑之月寒氣已過始成杠梁則太遲也愚竊以爲七八月之間云者是謂孟秋仲

秋交代之際也禾稻之熟南方早而北土遲然而南方孟秋仲秋之際旱暵為災則雨澤亦不可缺況北土乎是七八月之間者不必指為五六月之間也至於十一月徒杠成十二月輿梁成者蓋主溱洧言溱洧皆在大河之南其寒不如北土之甚九月未可成徒杠十月未可成輿梁況當九月築場十月穫稻之候不可妨農必田功畢然後為之至十一月而徒杠已成十二月而輿梁已成非謂至是月而始為之也曰然則合是數說則周曆之紀皆夏時矣而夫子又何必告顏子以行夏之時哉曰商周曆數雖與夏同而正朔則與夏異夫子告顏子者不以曆數言以正朔言也意謂為邦者必改正朔以易制度商周之正朔曆數分而為二揆之於理固有未順惟夏之正朔曆數合而為一以三統言之則為人以四時言之則為春以十二月言之則為正月揆之於理則無不順故舉之以為萬世為邦者法也

汲冢周書

汲冢書云夏數得天百王所同其在商湯順天革命改正朔亦越我周王致伐于商改正異械以垂三統至于敬授民時巡守祭享猶自夏焉又曰維四年孟夏王初祈禱于宗廟乃嘗麥于太祖按晉狼瞫所引周志之言見於此書則此書乃春秋以前之人所作其言雖不合於經而其謂周人改正朔不改月數及孟夏嘗麥則與五經所載周之時月亦無不合也

史記漢書

或曰史記秦漢以亥為正其紀年必先書冬十月而後書餘

月則寅月起數秦漢未之改也而西漢書註文穎乃謂秦以十月爲正月顔師古亦謂漢紀年先書冬十月繼書春正月者此皆太初正曆之後記事者追改之非當時本稱也以十月爲歲首卽謂十月爲正月今之正月乃當時之四月耳而近世吳淵頴亦取其說且謂蔡氏以嬴秦視三代然則秦漢之正果改月乎果不改月乎曰史記言秦幷天下始改年朝賀皆自十月朔蓋以十月爲正月哉如以十月爲正月則十一月爲二月十二月爲三月矣而始皇二十九年登之罘刻石其詞曰時在仲春陽和方起與詩所謂二月初吉日月方奥同意夫十一月寒沍之極微陽初生和氣未動呂氏月令所謂陰陽爭者也果可以爲陽和之起乎必孟春東風解凍仲春日月方燠然後可云是秦之二月不爲十一月明矣

三十一年十二月更名臘曰嘉平是秦之三月不爲十二月明矣漢乃秦正未之有改至武帝太初始改從夏正若以爲漢人作漢紀而追改之則何故亦兼秦紀而改之乎是秦漢之不改月者審矣文頴師古之言皆謬妄者也吳淵頴反取其說而詆蔡氏以嬴秦視三代誤矣

璽辯

劉定之

咸陽縣民段義於河南鄉修舍得古玉印文曰受命于天旣壽永昌上之詔蔡京等辯驗以爲秦璽遂命曰天授傳國受命寶改年號爲元符秦始皇以藍田玉製璽六面正方螭紐李斯篆文以魚鳥篆刻之子嬰降時獻漢祖漢諸帝常佩之故霍光廢昌邑王賀持其手解脫其璽組王莽簒位元后初不肯與後乃出投諸地螭角微玷董卓之亂帝辯出走失璽

孫堅得於城南甄官井中袁術拘堅妻得以稱帝術死璽仍歸漢傳魏隸刻有隙曰大魏受漢傳國之璽魏傳晉晉懷帝失位璽歸劉聰聰死傳曜石勒殺曜取璽冉閔殺石氏置璽于鄴閔死國亂其子求救於晉謝尚遣兵入鄴助守因紿得璽懷以歸尚送還晉方其未還也劉石二虜以璽不在晉謂晉帝爲白板天子晉蓋恥之然則晉之謂紿得璽意者以解此恥也惡足盡信哉不旋踵鄴爲慕容燕所取璽或者實在燕矣謂在燕則燕爲苻堅所併而堅見虜於姚萇萇從堅求璽堅罵之曰五胡次序無汝羌名璽已送晉不可得也卒拒之以死蓋堅未嘗以送晉而璽於此乎亡矣謂晉果紿得之於鄴則傳宋齊梁而侯景取之景敗其侍中趙思賢棄之草間奔廣陵告郭元建取送高齊齊亡歸宇文周周傳隋隋

煬帝死宇文化及取之化及死竇建德取之建德見擒其妻曹氏奉以歸唐唐傳朱梁朱梁亡歸于後唐然後唐之未取朱梁也自云得璽於魏州僧僧得於黃巢亂唐之時而莊宗用以建大號則所取於朱梁之璽與所取於魏州僧之璽又未知孰爲秦之故物也抑卒同歸於後唐矣後唐廢帝從珂與璽俱焚繼之者石晉晉出帝重貴降遼太宗德光德光以其所獻璽非眞詰之重貴對以昔璽既焚今璽先帝所爲羣臣共知蓋自有秦璽以來其間得喪存毀眞贗之故難盡究詰而至于重貴降遼之日秦璽之燬于火也已灼然著於人人口耳自是以後有天下者不託以爲言矣哲宗蔡京乃能復得之於咸陽豈堅之所瘞藏至此而始出乎非也是又作天書之故智也天書號年爲祥符秦璽號年爲元符既紹述

其乃考神宗之法又紹述其乃高考眞宗之符不亦異哉堯舜禹之傳國其言著於書曰惟精惟一允執厥中言爲國之道也秦始皇之傳國其言著於璽曰受命于天旣壽永昌言享國之福也志於其道者福從之志於其福者福未必從之假令哲宗所得信爲秦璽而其短世絶傳何有於受天命而壽昌哉信元后所謂亡國不祥璽爾其後徽宗以哲宗所得者爲未足而復製二璽其一龜紐六寸文曰承天福延萬億永無極謂之鎭國寶其一于闐大玉二尺許文曰範圍天地幽贊神明保合太和萬壽無疆謂之定命寶與哲宗所得曰受命寶者爲三已而悉爲金人所俘以去前此金人以遼取石晉意其得秦璽於獲遼主延禧之日責而徵之延禧訴以兵敗失于桑乾河及旣得於宋自謂愜所欲而義宗守緒死

于蔡州幽蘭軒又爲煨燼然則哲宗之所得縱使眞爲秦璽元人亦不得取之矣詭妄之臣乃猶以之藉口欺世基禍黷武亦獨何哉詩曰投畀豺虎豺虎不受投畀有北有北不受投畀有昊言歸諸天厭乎禍端永絶也其亦無如之何而爲此言哉其此璽之謂哉

原

文原

宋濂

余諱人以文詞相命丈夫七尺之軀其所學者獨文乎哉雖然余之所謂文者乃堯舜文王孔子之文非流俗之文也學之固宜浦江鄭楷楷之弟栢嘗從余學已知以道爲文因作文原二篇以貽之

其上篇曰人文之顯始於何時實肇於庖犧之世庖犧仰觀俯察畫奇偶以象陰陽變而通之生生不窮遂成天地自然之文非惟至道含括無遺而其制器尚象亦非文不能成如垂衣裳而治取諸乾坤上棟下宇而取諸大壯書契之造而取諸夬舟楫牛馬之利而取諸渙隨杵臼棺槨之制而取諸

小過大過重門擊柝以取諸豫弧矢之用以取諸睽何莫非粲然之文自是推而行之天衷民彝之敘禮樂刑政之施師旅征伐之法井牧州里之辨華夷內外之別復皆則而象之故凡有關民用及一切彌綸範圍之具悉囿乎文非文之外別有其他也然而事爲既著無以紀載之則不能以行遠始託諸辭翰以昭其文略舉一二言之禹敷土隨山刊木奠高山大川既成功矣然後筆之爲禹貢之文周制聘覲燕享饋食昏喪諸禮其升降揖讓之節既行之矣然後筆之爲儀禮之文孔子居鄉黨容色言動之間從容中道門人弟子既習見之矣然後筆之爲鄉黨之文其他格言大訓亦莫不然必有其實而後文隨之初未嘗以徒言爲也譬猶聆衆樂於洞庭之野而後知音聲之抑揚綴兆之舒疾也習大射於矍相

之圖而後見觀者如堵牆序點之揚觶也旹踰庋而聽決之
終不近也昔者游夏以文學名謂觀其會通而酌其損益之
宜而已非專指乎辭翰之文也嗚呼吾之所謂文者天生之
地載之聖人宣之本建則其末治體著則其用彰斯所謂乗
陰陽之大化正三綱而齊六紀者也亘宇宙之始終類萬物
而周八極者也嗚呼非知經天緯地之文者惡足以語此
其下篇曰爲文必在養氣氣與天地同苟能充之則可配序
三靈管攝萬彙不然則一介之小夫爾君子所以攻內不攻
外圖大不圖小也力可以舉鼎人之所難也而烏獲能之君
子不貴之者以其局乎小也智可以搏虎人之所難也而馮
婦能之君子不貴之者以其驁乎外也氣得其養無所不周
無所不極也攬而爲文無所不參無所不包也九天之屬其

高不可窺八柱之列其厚不可測吾文之量得之規毀魄淵
運行不息基地萬熒纏坎弗紊吾文之隧得之崑崙玄圃之
崇清層城九重之嚴邃吾文之峻得之南桂北瀚東瀛西溟
杳渺而無際涵負而不竭魚龍生焉波濤興焉吾文之深得
之雷霆鼓舞之風雲翕張之雨露潤澤之鬼神恍惚會莫窮
其端倪吾文之變化得之上下之間自色自形羽而飛足而
奔潛而泳植而茂若洪若纖若高若卑不可以數計吾文之
隨物賦形得之嗚呼斯文也聖人得之則傳之萬世爲經賢
者得之則放諸四海而準輔相天地而不過昭明日月而不
忒調燮四時而無愆此豈非文之至者乎天道湮微文氣日
削騖乎外而不攻其內局乎小而不圖其大此無他四瑕八
冥九蠹有以累之也何謂四瑕雅鄭不分之謂荒本末不比

之謂断筋骸不束之謂緩旨趣不超之謂凡是四者賊文之形也何謂八冥詐者將以賊夫誠擿者將以蝕夫圓庸者將以闒夫奇癖者將以勝夫腴獝者將以亂夫精碎者將以害夫完陋者將以華夫傳昧者將以損夫明是八者傷文之膏髓也何謂九蠹滑其真散其神揉其氣徇其私滅其知麗其辭違其天昧其幾爽其貞是九者死文之心也有一於此則心受死而文喪矣春葩秋卉之爭麗也鷽號林而蛩吟砌也水湧蹄涔而火熖螢尾也衣被土偶而不能視聽也蠛蠓死生於甕盎不知四海之大六合之廣也斯皆不知養氣之故也嗚呼人能養氣則情深而文明氣盛而化神當與天地同功也與天地同功而其智卒歸之一芥小夫不亦可悲哉

予既作文原上下篇言雖大而非誇唯智者然後能擇

馬去古遠矣世之論文者有二曰載道曰紀事紀事之文當本之司馬遷班固而載道之文舍六籍吾將焉從雖然六籍者本與根也遷固者枝與葉也此固近代唐子西之論而予之所見則有異於是也六籍之外當以孟子爲宗韓子次之歐陽子又次之此則國之通衢無荆榛之塞無蛇虎之禍可以直趨聖賢之大道去此則曲狹僻徑耳犖确邪蹊耳胡可行哉子竊怪世之爲文者不爲不多騁新奇者鉤摘隱伏變更庸常甚至不可句讀且曰不詰曲聱牙非古文也樂陳腐者一假場屋委靡之文紛揉龐雜不見端緒且曰不淺易輕順非古文也予皆不知其何說大抵爲文者欲其辭達而道明耳吾道既明何問其餘哉雖然道未易明也必能知言

養氣始爲得之予復悲世之爲文者不知其故頗能操觚遣辭毅然以文章家自居所以益摧落而不自振也今以二三子所學日進於道聊一言之

書原

史皇與蒼頡皆古聖人也蒼頡造書史皇制畫書與畫非異道也其初一致也天地初開萬物化生自色自形總總林林莫得而名也雖天地亦不知其所以名也有聖人者出正名萬物高者謂何卑者謂何動者謂何植者謂何然後可得而知之也於是上而日月風霆雨露霜雪之形下而河海山嶽草木鳥獸之著中而人事離合物理盈虛之分神而變之化而宜之固已達民用而盡物情然而非書則無紀載非畫則無彰施斯二者其亦殊途而同歸乎吾故曰書與畫非異道也其初一致也且書以代結繩功信偉矣至於辯章服之有

制畫衣冠以示警飭車輅之等威表旗旐之後先所以彌綸其治具匡贊其政原者又烏可以廢之哉畫繢之事統於冬官而春官外史專掌書令其意可見矣況六書首之以象形象形乃繪事之權輿形不能盡象而後諧之以聲聲不能盡諧而後會之以意意不能以盡會而後指之以事事不能以盡指而後轉注假借之法興焉書者所以濟畫之不足者也使畫可盡則無事乎書矣吾故曰書與畫非異道也其初一致也古之善繪者或畫詩或圖孝經或貌爾雅或像論語暨春秋或著易象皆附經而行猶未失其初也下逮漢魏晉梁之間講學之有圖問禮之有圖烈女仁智之有圖致使圖史竝傳助名教而翼羣倫亦有可觀者焉世道日降人心寖不

古人往往溺志於車馬士女之華怡神於花鳥蟲魚之麗游精於山林水石之幽而古之意益衰矣是故顧陸以來是一變也閻吳之後又一變也至於關李范三家者出又一變也譬之學書者古猶篆隸之茫昧而唯俗書之姿媚者是耽是玩豈其初意之使然哉雖然非有卓然拔俗之姿亦未易言此也南徐徐君景暘工書史善吟古今詩信為才大夫也旁通繪事有士韻而無俗姿一時賢公卿皆與之游名稱籍甚有薦于朝者景暘以母老不仕予尤愛景暘者於其別去故作畫原以贈焉嗚呼易有之聖人有以見天下之賾而擬諸形容象其物宜是故謂之象然象之事又有包乎陰陽之妙理者誠可謂至重矣景暘其亦知所重乎哉

原諫

王褘

人君之職莫急於納諫人臣之職莫先於進諫納諫難矣而進諫為尤難進諫之道有二曰諷諫曰直諫諷諫固難而直諫又難也是故引義託物從容開譬不動聲色而其說已行悟主意於片言置君德於無過者諷諫之謂也危言切論衝鯁骨批逆鱗正色而不阿犯顏而不忌必究其說乃已雖殺身而不顧者直諫之謂也禮上諷諫而下直諫豈不以謂諷諫以悟主將君臣兩全其美名直諫以匡君則君或至於遂非臣或至於蹈禍是君蒙拒諫之惡而臣獲盡忠之害也故曰人君之納諫為難而人臣之進諫尤難進諫之道諷諫固難而直諫又難也雖然為人臣而事明君諷諫直諫蓋無施不可不足為難也苟事暗主而用直諫則鮮有不及其身而況於諷諫其將若之何於是二者之諫均為難矣嗚呼唐虞

三代遠矣近而論之漢唐之世號能納諫者莫文帝太宗爲盛矣文帝覽仁盎下羣臣雖切諫常假借納用之若馮唐之論頗牧張釋之之論嗇夫所謂諷諫也及賈誼論時事則流涕痛哭袁盎引卻慎夫人坐指人彘爲說所謂直諫也而文帝皆容受之太宗英明能斷從諫如流導臣下而使之言如魏徵之言昭陵王珪之論廬江所謂諷諫也及徵疏十漸極陳時政得失祖孝孫謂陛下負臣臣不負陛下所謂直諫也而太宗靡不優納焉是則以直諫諷諫施之明君固無乎不可也若夫蕭望之張猛京房言石顯於元帝王章言王鳳於成帝王嘉鄭崇言董賢於哀帝李膺陳蕃范滂之徒言閹宦於靈帝長孫無忌褚遂良上官儀言武氏於高宗張柬之輩言韋氏於中宗孟昭圖言田令孜於僖宗然皆不免於殺身是事暗君固無事於諷諫而因直諫以蹈禍亦理之所必至矣嗚呼知無不諫而諫之以直者人臣之分也傷於直而蹈禍不測使其君蒙拒諫之惡而已獲盡忠之害者非人臣之得已也自古無道之君其過行非一端也而莫甚於拒諫言而殺諫臣拒一諫言殺一諫臣其事若未害也而家國之敗亡輙不旋踵殆如燭照而龜卜不亦深可戒哉和陽王先生夙有大志負氣節而敢言者也今擢居諫諍之職士大夫咸曰先生遇明主諷諫直諫將無施而不可矣金華王禕辱與先生游因原夫諫之所爲難者爲文以贈之嗚呼言其所爲難則其所以不難者固有望於先生也夫

原治

梁寅

昔之君臨天下而名以時異者曰皇帝王霸皇之世制作之

未有無爲而民化者也帝之世昉有制作而民猶易於化者也王之世制作之大備化天下而曲盡其道者也霸之世任情制作以知術而馭天下者也君子之論治者曰帝世不可及矣三代之治後世决可復不法三代以爲治者皆苟道也嗚呼斯言者誠不易之論也自成周而下主與臣之論王霸者紛紛然而異或曰宜遵王或曰宜從霸或曰宜雜用王霸遵於王其圖之也順而易其爲效也大而久從於霸其圖之也逆而難其爲效也小而近在人主所尚何如爾若曰雜用王霸王何可以雜雜卽霸而已矣夫帝之不可及而王可及何也風氣之益殊猶時之春而爲夏夏而爲秋秋而爲冬也人心之滋僞猶蓬茨之居易而爲斲礱丹艧也樸渾之器易而爲雕鏤金玉也聖哲之君不常出猶山之爲童而木之百

尋十圍者罕見也土之壤變而穀之一莖九穗者稀有也此帝世之所以不可及也若三代之君其以戰攻而創業與後世同也賴左右匡贊之臣與後世同也孜孜於禮樂刑政之施與後世同也繼嗣之君或賢或不賢其不賢者得人以輔之則治不得人則亂且亡與後世同也其異於後世者彼興王之君佐命之臣所好所趨理之公也所惡所背欲之私也王與霸之判如金之異於錫玉之異於石然王道可以學而至學而至則治亦可及矣若曰雜於霸則理欲之辯卽邪正之辯也悖於理則流於欲矣戾於正則歸於邪矣或曰遵於王而業不就治不遂者若之何曰王道之當務如饑之於粱肉食之則其腹必充其體必肥彼食而不充不肥者抱疾之人爾舍粱肉之美而謂他物可充且肥者口之爽而失其味

之正者爾彼圖王而不成非王之不可圖圖之而失其道者也故行仁義而敗者徐偃也用周官之法而亡者王莽也慕古車戰之法而喪師者房琯也因周官之說而行新法以亂天下者王安石也其若是者由泥古之迹非古之道也使徐偃而守侯度何以敗王莽而循臣義何以亡房琯而出師以律何以凶王安石而用正不用邪何以亂故人之疾而瘳非梁肉之害也治之藥古而亂且亡非王道之誤之也或曰後世亦有用霸而治且久者漢唐是也曰漢之久以風俗之近古而又多賢明之主也唐之久以太宗安民功大而治法之備也若其治亦不及三代則亦霸之敝爾然則必王道之用刑無藉於嚴乎兵無藉於强乎曰王者之刑非不欲嚴也其有所嚴也則亦有所寬也寬也者仁之施也嚴也者義之斷也王者之兵非不欲强也其時而强也則亦時而弱也弱也者仁之術也强也者義之刑也刑之以仁爲寬以義爲嚴故梁武之慈悲不殺非仁之寬也漢武之峻法密綱非義之嚴也兵之以仁爲弱以義爲强故宋高宗之乞和金虜非仁之弱也隋煬之遠征高麗非義之强也且世主之敝刑或誤於申韓兵或局於孫吳申韓之刑以慘礉爲嚴孫吳之兵以變詐爲强是皆戾於仁義者爲人臣者若之何以是而進之其君也善乎孟軻氏之言曰行仁政而王莫之能禦也又曰仁者無敵君子有不戰戰必勝矣嗚呼稽之六經折之孔子以論天下之治莫如孟軻氏而或乃以爲迂則凡學孔子者孰非迂也王道者必若何而無敝乎曰本之以二南之化輔之以周官之法君相脩於上百職勤於下因乎時之宜順乎

民之心公以滅其私實以稱其名其於復三代之治猶乘輕車趨夷途其至於所至也亦宜矣

原命一首贈楊文忠別　王叔英

人之生或貴或賤或富或貧或壽或夭其貴之等則有爲公爲侯爲卿大夫爲士者焉其賤之等則有爲農爲工爲商賈爲奴隸者焉其富之等則有百金千金萬金以至於貨利無算者焉其貧之等則有無一歲之蓄一月之蓄一朝之蓄者焉其壽之等則有五六十年七八十年九十百年者焉其夭之等則有四三十年二一十年與不滿十年及一歲者焉是其故何哉蓋有命焉非人之所能爲也命者何人受天地之氣以生者也夫貴者得乎氣之崇高者也賤者得乎氣之卑下者也富者得乎氣之豐潤者也貧者得乎氣之枯瘠者也

壽者得乎氣之攸長者也夭者得乎氣之短速者也其間又有等級之不齊者隨其所得之氣有多寡也是故貴者不可使之賤貧者不可强之富壽者不可奪之夭固有始出奴隸而終受侯封生餍粱肉而沒無飯含出入鋒刃而老死衾帷者豈其智力所能及哉故孔子稱死生有命富貴在天至論富則曰富若可求則執鞭之役吾亦爲之由是觀之豈非命歟古之君子知其然是故爲其分之當爲而不以利害死生易其節不失其心無愧於人不求福而福在其中故其生則無愧於爲人而身有餘榮沒則無愧於爲神而子孫蒙其福後之君子其明乎此者蓋鮮矣是故於其分之當爲者浸不加省而於利害死生之際則巧爲趨避無所不騁其私徒違其心而傷於物終亦必及其身而後已故其生有餘恥而沒

有餘殃甚可歎也余嘗與友人揚文忠論而悲之文忠始由縣學生升大學上舍嘗入試文淵閣其文冠多士及出爲求福丞以廉能有聲譽復還鄉里囊橐蕭然居憂三載力耕以自給未嘗妄求於人豈非可謂知命君子歟今其服闋往覲京師將復有職任之寄余欲其無變於初志益務其當爲也故以所嘗爲議論之言作原命一篇以贈其行亦因以自勗焉洪武二十有二年九月乙巳著

皇明文衡卷之十六

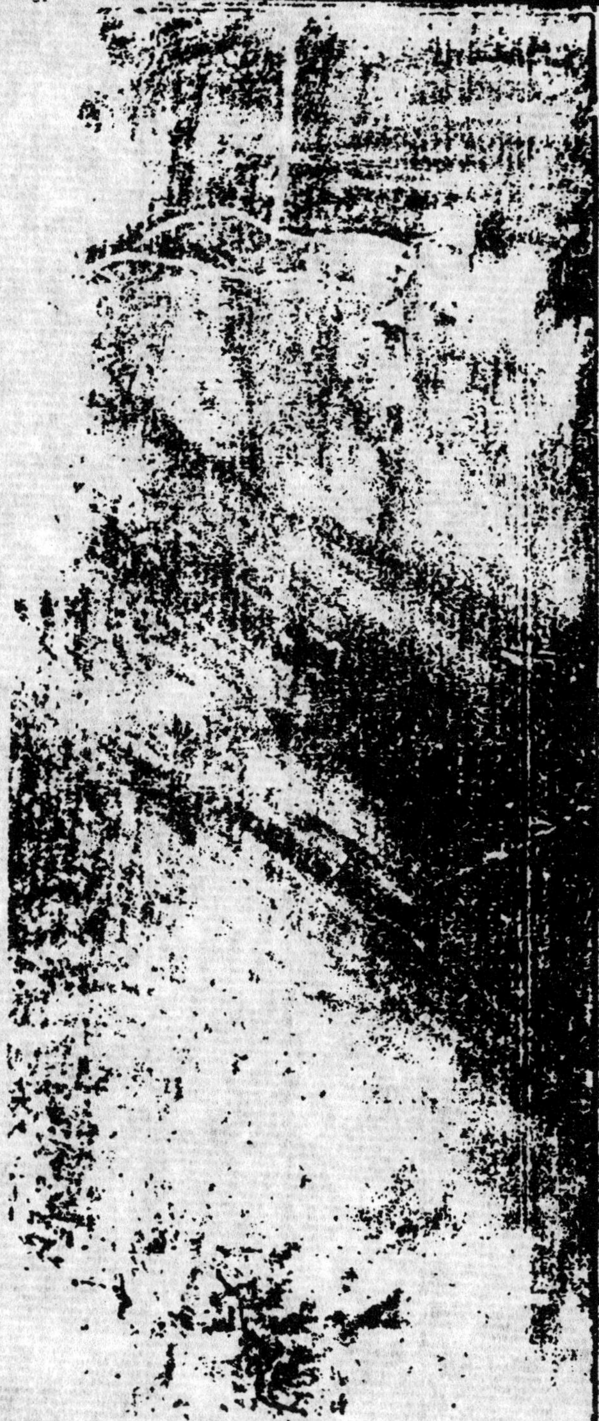

箴銘

磨兜堅箴　宋濂

昔李侍郎敦㳟嘗揭磨兜堅三字於坐隅磨兜堅者古之慎言人也其善於自防者哉爲著箴曰

磨兜堅慎勿言口爲禍門昔人之云磨兜堅人各有心山高海深磨兜堅高不知極深不可測磨兜堅言出諸口禍隨其後磨兜堅鍾鼔之聲因扣而鳴磨兜堅不扣而鳴必駭衆聽磨兜堅唯口之則守之以默守之以默是曰玄德磨兜堅磨兜堅慎勿言

續丹扆箴　王褘

官箴王闕古之誼也唐李衛公獻丹扆六箴于其君立意措辭分章指事忠愛之道藹然可觀其殆有所諷刺而救君於失得箴諫之誼者矣然其言之猶乏剴切君子病焉褘不自揆因擬衛公之餘旨取夫善可爲訓惡可爲戒而人臣所難言者極言之作續丹扆六箴

天運不息昏昕有恒有恒伊何宵終則明人君體天夙興在廷宵向終矣君胡不興宵終不明天運乃愆宵終不興君斯違天珮玉晏鳴荒淫用宣鷄鳴而起大舜稱賢

右宵衣箴

維衮與冕君服堂堂以朝以祭視瞻所宗玉衣示侈商祚以亡估服稱妖漢室乃傾一服之華若未過靡兆知禍殃鮮不職此皇王所戒不物不軌三服罷官著美惇史

右正服箴

爲天下君職在養民匪以天下徒奉一人取民有制壤奠式陳貢獻無藝喪亂之因淫聲治色使君聾瞽奇物異品竟亦何補邦給焚裘爲事非鉅儉德者聞齊風堯禹

右罷獻箴

臣言靡君如批逆鱗大誅小斥何益於臣臣豈求益凡以益君君弗臣聽匪愚則昏從若轉圜是謂能改一事十諫庶無後悔聖維堯舜舜猶采拒諫遂非不敗奚待

右納誨箴

人心不同有如其面面則易知心實難見心之姦邪陰運潛變審之察之貴在能斷秦斯豈訐唐杞非諛欺君誤國面是心殊此而弗辨家國淪胥知人則哲欽哉聖謨

右辨邪箴

春秋謹始大易知幾思患預防防必防其微蔓卒莫漢貂終危齊惟微弗防遂至噬臍不觀堅冰其初履霜滔天之水實出濫觴惡過無小雖小勿將積之久矣社覆宗亡

右防微箴

官箴上

劉基

維天生民𠑽𠑽蚩蚩有欲罔制迺豺迺螭爰立之君載作之師式養式教毋汩秉彝嗟爾司牧代君撫綏君祿我食君令我施邦本弗固厥事咸隳爰寄匪輕敢不肅祇治民奚先字之以慈有頑弗迪警之以威振惰獎勤拯艱息疲疾病顛連我扶我持禁暴戢姦損贏益虧如農植苗蚤夜孜孜澇疏旱溉無容稗秕如良執輿順以導之無俾旋濘彊策以馳慈匪子愛帝命溥將威匪子憎國有恒規弱不可陵愚不可欺剛

不可畏媚不可隨無取我便寘人于危無避我謗見義不爲
天監孔昭民各有思惠之斯懷推之乃離譽不可驕器惡滿
歆謗不可怒退省吾私人有恒言視民如兒無反厭好以暴
予知是用作箴敢告執羈

官箴中

在昔隆古分封國都付之以民俾養勿瘠上下協心各保乃
區明底考績昭哉範模秦廢聖制代德以狙刀筆之權始歸
吏胥弄法舞文聾癡瞽愚流波至今一任簿書行立公庭如
鷹如梟我欲是求我利是趨摩揣官情以逞覬覦官惟好貨
我甘以苴官惟好名我逢以諛官惟畏嫌我疑以汗官惟好
惰我湎以娛官惟好猜惑以多途官惟好威道以搘撻語默
有爲俯仰有須覘容察辭助忿乘愉法度盈口奸邪淵軀蠱

智迷昧欺庸陷迂俾奸作惡以紫爲朱未獲官心嫗嫗儒儒
亦既獲止如登天衢傲兀民士憑凌里閭惡積禍來官與之
俱人有恒言遇吏如奴堅防固隄猶恐或窬矧曰聽之百姓
何辜是用作箴敢告僕夫

官箴下

無謂余明人莫能眛離婁善察不識其背無謂予能人莫敢
欺校人烹魚子產弗知立事惟公燭詐惟誠小節勿固小慧
勿行無矜我廉守所當爲無沽我名以生衆疑何以簡訟決
之使通何以弭貪植檢乃躬去讒斥佞遠吏近民待人以寬
律已以勤無斜人弗信恍至斯乎無患人不聞惟德不孤德
以進善威以挫姦德不可偏威不可煩無謂彼富我必極之
無謂彼貧我必直之持心如衡以理爲平無爲避嫌以縱無

倩人有恒言爲臣不易是用作箴敢告有位

吾友會稽樓文淵常持誠敬謙謹四字誠敬所以存乎心謙謹所以施之事也因作箴以貽之

貝瓊

昔能凜乎夜行道逢伏虎引弓射之没鏃飲羽金石之堅惟誠可通矧乎有知何遠弗從故事神則必假治人則必化嗟時孟偷每設機而尚詐是知治心之要在乎不欺苟内外如一吾又何爲　右誠箴

知伯五賢寔禍之基藍臺一會戲康子而侮段規卒爲韓魏禽遂貽千載之譏是以古人必敬爲主苟忽乎秋毫所忽奚補亦有冀缺夫婦如賓遂舉於隴畝以佐晉君得失之徵榮辱之大一出一入勉哉無懈　右敬箴

凌人者恒爲人凌下人者恒寡吾仇故善有不可爭勢有不可伐處於朝則國和處於室則家悦噫盈必招損惟卑益尊太易之言守而勿諼　右謙箴

陟彼太行羊腸九折防其銜轡遵其軌轍既及乎坦途乃騁而馳車僨馬驚吾傷亦宜嗚呼禍恒伏於至微必致謹其所事匪險之爲虞無虞吾爲可恃爰作斯箴永爲人規式戒其怠長樂公是師　右謹箴

家人箴　十五首

方希古

論治者常大天下而小一家然政行乎天下者世未嘗乏而教洽乎家人者自昔以爲難豈小者固難而大者反易哉蓋骨肉之間恩勝而禮不行勢近而法莫舉自非有德而躬化發言制行有以信服乎人則其難誠有甚於治民

者是以聖人之道必察乎物理誠其念慮以正其心然後推之脩身身既脩矣然後推之齊家家既可齊而不優於爲國與天下者無有也故家人者君子之所盡心而治天下之本也安可忽哉余病乎德無以刑乎家然念古之人自脩有箴戒之義因爲箴以攻己缺且與有志者共勉焉

正倫

人有常倫而汝不循斯爲匪人天使之然後汝舍旃斯爲悖天天乎汝棄人乎汝異曷不思邪天以汝爲人而忍自絕爲禽獸之歸邪

重祀

身烏乎生祖考之遺汝哺汝歡祖考之資此而可忘孰不可爲尚嚴享祀式敬且時

謹禮

縱肆怠忽人喜其佚孰知佚者禍所自出率禮無愆人苦其難孰知難者所以爲安嗟時之人惟佚之務尊卑無節上下失度謂禮爲僞謂敬不足行悖理越倫卒取禍刑遜讓之性天實錫汝汝手汝足能俯興拜跽曷爲自賊恣傲不恭人或不汝誅天寧汝容彼有國與民無禮猶敗矧予眇微奚恃弗戒由道在己豈誠難邪敬茲天秩以保室家

務學

無學之人謂學爲可後苟爲不學流爲禽獸吾之所受上帝之衷學以明之與天地通堯舜之仁顏曾之智聖賢盛德學焉則至夫學可以爲聖賢侔天地而不學不免與禽獸同歸烏可不擇所之乎噫

篤行

位不若人愧耻以求行不合道恬不加修汝德之涼僥倖高位秖爲賤辱疇壽汝之貴孝弟乎家義讓乎鄉使汝無位誰不汝臧古人之學修已而已未至聖賢終身不止是以其道碩大光明化行邦國萬世作程汝曷弗效易自滿足無以過人人寧汝服及今尚少不勇於爲迨其將老雖悔何追

自省

言恒患不能信行恒患不能善學恒患不能正慮恒患不能遠改過患不能勇臨事患不能辨制義患乎巽儒御人患乎剛褊汝之所患豈特此耶夫焉可以不勉

絶私

厚已薄人固爲自私厚人薄已亦非其宜大公之道物我同

視循道而行安有彼此親而宜惡愛之爲偏踈而有善我何惡焉愛惡無他一裁以義加以絲毫則爲人僞天之恒理各有當然孰能無私忘已順天

崇畏

有所畏者其家必齊無所畏者必怠而驕嚴厥父兄相率以聽小大秖肅靡敢驕横於道爲順順足致和始若難能其美實多人各自賢縱私殖利不一其心禍敗立至君子崇畏畏心畏天畏已有過畏人之言所畏者多故卒安肆小人不然終履憂畏汝今奚擇以保其身無謂無傷陷于小人

懲忿

人言相忤遽愠以怒汝之怒人彼寧不惡惡能興禍怒實招之當忿之發宜忍以思彼言誠當雖忤爲益忤我何傷適見

其直言而不當乃彼之狂狂而能容我道之光君子之怒審乎義理不深責人以厚處己故無怨惡身名不隳輕忿易忤小人之爲人之所慕實在君子考其所由君子鮮矣言出乎汝烏可自違以道制欲毋縱汝私

戒惰

惟古之人既爲聖賢猶不敢息嗟今之人安於卑陋自以爲德舒舒其學肆肆其行日月邁矣將何成名昔有未至人閔汝少壯不自強忽其既耄嗚呼進乎止乎天實望汝云何而忍無聞以沒齒乎

審聽

聽言之法平心易氣既究其詳當察其意善也吾從否也舍之勿輕於信勿逆於疑近習小夫閨闈婦女爲讒爲佞類不足取不幸聽之爲患實深宜力拒絕杜其邪心世之昏庸多惑乎此人告以善反謂非是家國之亡匪天伊人尚審爾聽以正厥身

謹習

引卑趨高歲月劬勞習乎汙下不日而化惟重惟默守身之則惟詐惟佞致患之招嗟嗟小人以患爲美側媚傾邪矯飾誕詭告以禮義謂人已欺安於不善莫覺其非彼之不善爲徒孔多懼其化汝不慎如何

擇術

古之爲家者汲汲於禮義禮義可求而得守之無不利也今之爲家者汲汲於財利財利求未必得而有之不足恃也舍可得而不求求其不足恃者而以不得爲憂咄嗟乎若人吾

於汝也奚尤

慮遠

無先己私而後天下之慮無重外物而忘天爵之貴無以耳目之娛而爲心腹之蠹無苟一時之安而招終身之累難保而易縱者情也難完而易毀者名也貧賤而不可無者節之貞也富貴而不可有者意氣之盈也

愼言

義所當出默也爲失非所宜言言也爲愆愆失奚自不學所致二者孰得寧過於默毋於鄉黨言若不能作法萬年世守爲經多言違道適貽身害不忍須臾爲禍爲敗莫大之惡一語可成小忿弗思罪如丘陵造怨興戎招尤速咎孰爲之端鮮不自口是以吉人必寡其辭捷給便佞鄙夫之爲汝今欲言先質乎理於理或乖愼勿啓齒當言則發無縱誕詭匪善曷陳匪義曷謀善言取辱則非汝羞

却兼味箴　王紳

昔范文正公至晚必思平日所爲事與所奉者直則瞑目鼾睡或有不及必竟夕蹴踖不寧其自持之功若此故能成其德業心切慕之而未能效也且慮歲月迅邁志氣無成而悔尤日益以至故凡於食頃遇兼味務峻却之此雖非古人之所用心亦庶乎節忍之一端因箴以自警

人身之奉惟適於中侈約得宜何儉何豐萬錢下筯三韭自給於己無裨於道無益行或不臧與物無異取物以奉是食其類宜受其養矯情飾慾棄禮弗居是曰逆天我心思之彼此交婗忘業未就奚補於世念茲遺體弗養或傷養而夬中

天必我殃故凡食頃郤其兼味以節五慾以安吾義且懼志懈厥德不凝庸述斯箴以爲心銘

銘

蒼雲軒銘 有叙

宋濂

世皆稱嚴子陵不屈光武以爲高士之問學固求所以行之耳苟得賢君事之而行所志君子之所樂也况光武素知子陵哉子陵之不以隱爲高也審矣其隱蓋有所爲爾人之志意材量明者能燭之於事爲之先子陵光武少相友善使光武能任人可爲盡力子陵何所苦而不出既出而决去哉蓋光武寮寀自用其後宰輔多不以禮退子陵預知其如此故决然避去而不疑以全故舊之義此子陵所以爲高也苟徒以隱爲高孰不可爲子陵哉子陵裔孫

居餘姚者曰宗道取范文正公祠堂記蒼雲語名軒余恐其昧乎出處之義也告之故系以銘銘曰

維士爲學志大行于時孰肯樂隱屈而弗爲卓哉子陵識時之幾幾不可以出甘耕釣以嬉此爲百世之師苟時可行而飾隱以欺是棄其天而失時宜嗟吾子陵志豈在斯爾宜則之勿執固以遠視時推移如雲在山何滞歛與施或不盈握或雨四垂庶乎于道之歸

五輪沙漏銘

沙漏之制貯細沙於池而注於斗凡運五輪焉其初輪軸長二尺有三寸圍寸有五分衡奠之軸端有輪輪圍尺有二寸八分上環十六斗斗廣八分深如之軸杪傳六齒沙傾斗運其齒鈎二輪旋之二輪之軸長尺圍如初從奠之

輪之圍尺有五寸輪齒三十六軸杪亦傅六齒鈎三輪旋之三輪之圍軸若齒與二輪同其如初軸杪亦傅六齒鈎四輪旋之四輪如三輪唯萸與二輪同輪杪亦傅六齒鈎中輪旋之中輪如四輪餘輪側旋中輪獨平旋軸崇尺有六寸其杪不設齒挺然上出貫於測景盤盤列十二時分刻盈百斲木爲日形承以雲麗於軸中五輪犬牙相入次第運益遲中輪日行盤一周雲脚至處則知爲何時何刻也餘輪各有掇附度中輪則否輪與沙池皆藏几腹盤露几面旁刻黃衣童子二一擊鼓一鳴鉦亦運行沙使之少之進退則日一視焉此其大略也初鄱陽水善冰雖爨鼎沃湯不能爲漏新安詹君希元乃抽其精思以沙代之漏成人以爲古未嘗聞較之郭守敬七寶燈漏鐘鼓應時而

自鳴者殆將無媿乎浦陽鄭君永與希元游京師因知其詳歸而製之請余銘銘曰

挈壺建漏測以水用沙易之自詹始水澤腹堅沙弗止一日一周與天似鄭君繼之制益美請惜分陰視斯晷

婺溪石研銘

歙之有研自唐開元中葉礪始礪獵師也因逐獸發之後爲南唐元宗所賞愛名遂與端石齊其地在長城里之龍尾山山一名羅紋其下乃芙蓉溪研溪產者號爲尤長廬嘗獲其一腹有刻文云李少微造少微元宗時硯官也制作絕工緻可寶已銘曰

外雖黑內則白馬生角兮性乃易

三祈石後銘有序

三奇石後銘僞吳士朱孟辨作　孟辨獲石聚寶山間製爲山玄膚玉芝朶斷雲角三名其友王蒙先生圖而銘之銘遂甚至不容繼孟辨强余述之信乎珠玉在側覺我形穢也其詞曰

山玄膚割紫難星雲貫魄石抱腴蒼水使者珮失据山鬼環守目睢盱內藏一升白龍酥飡之凌雲躡雙鳧奮迅入極遊清都山玄膚玉爲徒　王芝朶自天隕壹鼙雲霞裁猗儺煆以九陽眞頑火有聲泓噌玉之瑳不學三秀脆而彩韓終欲攙意仍叵靑鳥傳信以爲我玉芝朶靑婧婧　斷雲角鬼斧琢秀稜稜文斮斮霓旌難攀泝寥廓手析祥氛勵一握尚帶蛟龍氣旁魄神毋變幻資壽杯觴上衝牛斗香如濯斷雲角鎮書幄

怡顏齋銘　胡翰

衢之起化寺昔紫陽朱子東萊呂子嘗寓焉寺故有雲山閣有怡顏亭兵燹以來悉癈爲郡城漫不復識矣惟朱子所書亭扁石刻余於祝仲文家見之仲文有吏能退居委巷誦習猶諸生也遂名其齋曰怡顏以余嘗事二子之學來徵言乃爲之銘曰

萬物芸芸孰怡介顏人之感忽目尋乎前若物於物與物俱遷不物於物宅心孔淵內欲不萌外不能干以一觀萬參彼兩間流峙動靜匪山則川飛躍下上匪魚則鳶春木既榮冬卉亦妍化育流行精順其宣乾確坤隤形附象懸厥有生靡不可觀皆吾之與靡不可歡惟不梏于私乃樂其天

漢檏題研銘

有漢檏題其篆曰長樂未央高帝時陶旋物也僧用中作

石鼓銘

硯金華胡翰銘曰

天岳範地合質圜覆九重遺者一于以用之懿文德漢臯可移茲不、泐

皇明文衡卷之十七

銘

王兎泉銘并序

劉基

自古有以勢軋天下箝人口使和已者鮮不由細微以及大此姦人之素能也故高之馬莽之祥瑞惟其言而莫之違然後大詐行而大欲得矣秦檜之事宋高宗也以岳將軍之武之忠且排搆之殺其身以及其子反以爲功而宋之君臣莫不從其指則亦何求而不得哉王兎之泉以清美爲建業城中第一豈昔顯而今堙者檜實知之耶或有善察土脉工穿井之術者密以語檜而神之以白兎耶則皆不可知也夫檜之罔民設詐豈下於高莽哉白兎之是非無關天下之大事是故賢人君子忽之而莫與較於是乎鄙夫諂子遂探其意而夸之以爲佞是蓋不足辯也金華張孟兼憫泉之芳潔爲姦人所污而銘以雪其冤愛物之良心也予亦悲之爲之作後王兎泉銘銘曰

嗚呼泉乎夫何辜爲檜所污世無吳隱之孰昭其誣嗚呼泉乎尼父大聖猶言其主瘠環與癰疽白兎之傳夫何傷於爾歟檜死爲蛆泉潔自如我作銘詩衆惑斯祛嗚呼泉乎終古弗渝

耊上人耘杖銘

耊上人得古藤以爲杖而置鋤焉將以兩其用也名之曰耘杖而劉基爲之銘曰

罾可以取魚而不可以緊驁帶可以繫襦而不可以貫珠孰眇其癯而多乃需既予老是扶又薉莽之除畀康勿起以弗

迷厥塗杖乎杖乎歲月逝夫子也予俱

器物銘并序

王褘

古之君子於凡御服之物日用所接者皆著銘焉名其器而因之以自警則進德修業之功無乎弗在矣大學所載湯之盤銘大戴記及金匱陰謀所載武王器械諸銘是也余因竊取古義即凡器物各爲之銘非敢貽于博雅之君子盖庶幾動作之間私致其警焉爾合之得五十首今録二十首

冠銘

爾形之端故居吾元吾德苟或愆曷居人之先

佩銘

動中規矩鳴中律呂廢其爲予輔

履銘

義之趨信之踐毋蹈非毋臨險

枕銘

體木而圓于以警吾昏體石而方于以安吾常

席銘

我身之逸兮藉爾以爲偃也我心之直兮匪爾之可卷也

衾銘

舉而施之庇乎一體苟能推之覆幬乎遐邇

帳銘

起處毋溷乎而褻不可徇乎而隱顯公順乎而獨不可慎乎而

一 笥銘

非義勿納非禮勿發

椸銘

布帛大素其尚親附也錦繡黼黻如之何弗拒也

鼎銘

鉉有金玉享受福矣或折爾足覆公餗矣

鏡銘

貌之姸醜爾則辨其外心之淑慝爾曷鑒其內

櫛銘

髮之亂也可以理之政之棼也曷以治之

尺銘

百分之積乃成乎尺尺而復累吾不知其止學之爲功固如是

印銘

質金相文玉章德之誠名乃長

觚銘

以此書文常思明以此書事常思平以此書獄常思生以此書財常思輕

琴銘

情性之正以防其淫造化之妙以鉤其深嗚呼聖人吾不得而見之矣欲知舜文王周公孔子者微乎斯音曷以得其心

匱銘

虛其中厥有容維能容久則充

榻銘

坐如尸敬以持有弗往者人所非

心不可蔽可蔽者目天不可蔽可蔽者人

屏銘

水斬蛟鼉陸劃象犀盡少忍之以全物軀

劍銘

理齋銘

朱升

理者文理之謂也兩間之物象凡其自然生成者莫不各有文理存焉交互者謂之文條達者謂之理理之緻者莫如玉故理之為字从玉而里聲易曰仰以觀於天文俯以察於地理星之經緯日月道之出入凡在天者莫非交互之文川牝山牡三條兩戒凡在地者莫非條達之理理緻者莫如玉製字者既从玉以為理之字矣玉之外物理之緻者又莫如木果之栗者故稱玉者曰温潤而栗然書曰寬而栗記曰温而理寬也温也疑若為渾然者故繼之曰栗曰理以足其義知此則知理之字本義矣然則古先民之謂理皆即物而指其條達者以示人如所謂文理密察足以有別所謂依乎天理批大郤導大窾者非超乎物而言也自吾夫子之贊易也有曰窮理盡性以至於命而後之言性理者宗焉𡠧考夫子之言而求其旨蓋以為理出於性性原於命聖人作易其蓍數卦爻之用由渾然而蹠通之則和順於道德而理於義由粲然者而本原之則窮理盡性以至於命所謂理者未嘗以為在性之前者也程子之言性曰性即理也朱子以性之仁為愛之理義為宜之理禮智為恭別之理夫愛也宜也恭也別也四者因用而後見而其本則出於性譬諸草木其枝柯不一也循

而視其理則皆出於其根是故善言性者因其愛宜恭別之用不同而窮其理之本諸中者則泝流而源見其派焉而不混也於是因其用之愛而窮其理之本乎性者則謂仁因其用之宜而窮其理之本乎性者則謂之義是仁義禮智也者因愛宜恭別之理而立名者也以朱子愛宜恭別之理之訓而讀程子性則理也之言則庶乎其可通矣理云理云渾淪渙漫之云乎哉吾宗有仲兄者淮海之英也名珍而字理且以理名其齋是得字義之本非常情常辭也謹述字義爲之齋銘以爲理也者不在於字亦不在於齋而在於心也銘曰

元化默運流行不已物象肖之渾然之中有文有理理者條達亘乎終始有疏有密有曲有直而無交殽物理惟王其緻無比理之爲字所以从玉諧聲以里窮理盡性說卦有言以理言性有條不紊惟程朱子萬物之理皆備於己彌綸參贊民生日用咸有統紀原始要終明彼取此應事接物行其所知學而措耳倚歟吾宗天資玉美既珍其名理以爲字齋顏亦爾人見吾宗溫然佳士服其衷臒揖其和萃仰其儀軌未必知其學優其仕事至物來徹上徹下條理如是我作銘詩其直如矢稽首齋名洗心聖言秋月寒水

菜薖六器銘

唐肅

余子治圃越城南屋其中曰菜薖寮軒先生既銘之唐肅復銘其器六以余子之治圃也其藝菜也必以鉏銘其鋤曰壑而植本斯立培而屋薙斯茂衡深淺毋爾苟既藝矣其灌之也必以甕銘其甕曰泉之容伊德之充泉之吐伊澤之溥其

綢勿齾其挐勿虩勿事乎桔槔之機既灌矣而少害焉薅之必以刃銘其刃曰惡草之滋資女以剪夷弗剪而夷則茅塞其蹊州去矣菜豐矣采之必以筐銘其筐曰擷其美毋以下體斂其實勿淵而溢虛而受之乃其德左之右之慎爾執采而得之芼之必以釜薦之必以盤銘其釜曰溉于斯亨于斯我有旨畜甘如飴彼鼎食者殆而銘其盤曰脂弗我汙兮羶弗我慕兮惟味道之助兮銘已余子曰噫子善銘吾器切於物與於理其足為吾儆乎請書之菜適以繼䕨軒之作於是乎書

羅經銘　王景

羅經指南車之亂也其法以磁針定其子午子午正而二十四位皆正噫化機若是之可握以為之銘曰

混而茫規洪厖奠玄黃矢昆侖廓八挃軌用宜我無為司南離學坤維役萬靈斡曜星為民正大化元聖治原翼翼蟬聯忒其恒馮翼憒杳冥冥法其施亂是釐靜應之唯其然握坤乾於萬年

世直堂銘有序　楊榮

翰林侍讀文江周功叙名其所居之堂曰世直蓋以其六世伯祖伯寬仕宋直寶謨閣憤賈似道誤國嘗疏斥其奸曾大父鰲溪山長以立元至正中脩三史上書請以宋為正統而附載遼金父職方貞外岐鳳　國朝永樂中為漢府紀善王有異謀作寶賢堂箴以諫三君子者皆言人所不敢言終不少沮非直道之至其能然乎矧功叙以名堂其善於繼述又未可量矣為之銘曰

諸於憲也書之卓千拓之樂部為右千宮論篇之
必以以銘其可曰思惟之濟貨其又以恒謹指其見深寒
其惡深言矣樂豐矣求之必以德銘其滿回萬其美毋以下
請敘其實於是而述兩石交於乃其德古之有之直箴乾未
而雅大年父以後為之以以盤鉛其銘曰與千盤卓千掛
致有古害中吳命俯致昂戴古而既咎而籠其盤曰誼我救命而盟
弗我幕之齋未道之助之語已命子曰富千書銘古器以今
物與於理其召銘皆懋乎詩書之來適又繼粲輯之作於是
千書

羅經銘　王景

羅經指南車之遺也其法以磁定其子午正偏二
十四位哲匠寫之紋若星之可稽以應天文銘曰

混而符規洪範庶之書天尺命焉入極乾己用宜於無違回南
繇此十坤維從萬靈呼霆星為民正大乎行舉治原照乾無凶
其恒為鑑鑄者宜寘寅汝其為亂異其鑿靈霸乃萬其與造坤乾包
於萬年

世直堂銘有序　梁潛

翰林侍讀文江周功叙名其所居之堂曰世直蓋以其六
世伯祖伯寬任宋直寶謨閣賈似道擅國寬斥其奸
曾大父發濂溪山長以元至正中脩三史上書論以宋為
正統而附載遼金父職方宜外放　國朝永樂中為
所部善呈有異諸作寶錄纂藏又兼三館十者許言入所
不敢言然不必且非直道之至其流弊乎於是叙以名堂
其善於繼述又未可量矣命之銘曰

天有直氣在人能全人有直節貴世其傳周之世直寶讜
諤繼以蠶溪職方有作歷宋及元至我
皇明勁辭正色蟬聯厥聲莫熾相奸臣強主弱炎籙既微孰
攻其惡莫紊帝統夷先華書戎勢方昌自尊其徒莫僭王誅
竊覬覦儲位梁園納邪咼輔以義壯哉朱雲乞斬安昌麟經所
楚董相格王直道不容官奚不黜其黜復揚
皇鑑如日文江之滸有堂潭潭喬木如雲蔚與天參我銘先
猷以迪乃後永執厥心奕世有耀

石磬銘并序　　胡儼

余在雲間友人王以東遺余石磬色黝而質堅形制曲折
皆出自然非人力所爲左長於右右不及左者寸餘云其
父嘗得之泗州台磬山中叩之其聲泠然以管石聲律中
姑洗角每清夜鼓琴之餘時以小角椎戛擊音韻清遠儼
若神明之臨燕休之際其亦存誠之一助也乃爲之銘曰
泗濱之山孕玄璞曲折自然匪雕琢審音諧律姑洗角聖云
遠兮襄不作遺音泠泠度寥廓

忠孝堂銘　　王直

國家之興必有豪傑卓越之才達乎忠孝之大節者以翼
昌運纘世功然後能享高爵重祿以傳于子孫而延之久
遠若太師英國張公其人也公之尊府河間忠武王昔事
太宗皇帝于潛邸掌護衛兵其姿度椎爽知畧超邁而武
勇絕人最爲上所親任及靖難兵起
上每授以成算戰勝攻取無難者諸將皆敬讓之時公亦
提兵從王王嘗諗公曰吾受　上恩思輔成大業以報殊

遇爾嘗勠力一心庶幾如吾志古人以事君不忠涖官不敬戰陳無勇爲非孝爾能盡忠乃所以爲孝也公頓首受教奬率所部摧鋒陷陣所向有功未幾王薨
太宗皇帝素奇公召而慰勉之俾以其兵自效曰爾毋忘爾父之志公感　上之德與先王之教益自奮勵卒成大勳凡　上有所命南征北伐無不盡其心寄畧偉績載之信史功名富貴無出其右者追事
四聖小心寅畏前後四十年如一日公既受顯爵位師臣王亦膺隆命配享　太廟此忠孝之報也暨修
先朝實錄公再爲監修　今上皇帝緝熙聖學公實知經進事敬恭朝夕從容進退凜乎儒者氣象嘗謂直曰先王以忠孝爲訓吾既奉以周旋不敢失墜雖幸而有立然今

老矣惟　列聖之大德不敢忘於心而亦敢忘先王之舊訓乎因揭以名堂將終勉之且使吾子孫登斯堂者亦思所以繼吾志日夜勉焉盡心　於其職庶無負於　國而亦不辱其先子宜爲我銘直聞之忠孝臣子之大節天理之當然也誠能盡其道則必享福祿之榮而子孫保之昔者召穆公能嗣其祖康公之業有功於周宣王錫之圭瓚秬鬯以祀其先祖又錫之山川土田以傳其子孫詩人歌之至今誦焉公嗣先王勳烈著於　國家顯榮褒大實有累朝之錫命誠無讓於穆公而尤惓惓以忠孝自勉且以勉其後之人　國家有億萬年之慶張氏之福亦豈有窮哉乃爲之銘曰

天生斯民賦厥秉爲子必孝爲臣忠惟師英公德兼崇卓立

宛有前賢成桓桓先王才且雄捧　日直上扶桑東奄然馭氣超鴻濛祗率遺訓績武功披雲卷霧開晦蒙九霄奮躍攀飛龍宣威鑾貊靡不通明明列聖眷遇隆仁漸義洽恩豐彤紀勳旂常銘鼎鍾王亦顯祀昇閟宮周家召虎賡其同孜孜夙夜懷謙冲揭以銘堂圖始終勗爾後嗣躡今蹤事君孝先益致恭國家萬年福無窮

鐘銘

鐘之作官府以謹朝夕浮屠老子之宮以嚴祀而近世富室多置焉何居予既作祠堂以祀　祖考諸子取嚴奉之意亦請置鐘予則兼取謹朝夕之義欲以警昏惰故弗拒因推　祖考示教子孫之心而為銘曰

有鐘在縣聲聞于天祠事則甚虔然惟德是先進脩之功夙夜當惓惓若沉酣麴蘗之毒恣肆於袵席之安雖殷殷闐闐而聽之藐然迷天理之途溺人欲之淵昏惰而弗悛既不可謂孝亦豈曰能賢則神將厭之而何福之有焉嗟爾子孫警惕弗怠勉而有以百世之傳

公勤堂銘　馬愉

刑部侍郎楊侯彥謐采褒嘉語名其堂曰公勤蓋欲視警以求乎不負也間以求言故為銘以相之銘曰

善事服眾匪公弗得樹勳立業匪勤不克克己循理公孰與儔無倦匪懈勤孰與侔是以君子務其在己人爵既修天爵自至有偉楊侯公勤名堂副以吾力襃自綸章書成滅私易勉不息積善有慶惠迪乃吉昔聞其語今

見斯人騷騷夙夜造何可倫

石鐘山銘有序

楊守陳

彭蠡之口有山名石鐘尚矣後魏酈元以爲下臨深潭微風鼓浪水石相搏響若洪鐘也而唐李渤非之謂如其説則瀕流庶峯皆可貫以斯名蓋潭際雙石叩而聆之南聲函胡北音清越是石鐘也而宋蘇軾非之謂石之鏗然有聲者所在皆是何獨此以鐘名蓋山下皆石穴微波入之聲噌吰如鐘鼓中流大石空中多竅與風水吞吐有窾坎鏜鞳之聲嘗親察而得其實故是酈矣而周必大又謂上鐘石高四尺下鐘石潤餘丈叩之皆響若鐘磬他石則否復是李焉余謂波間衆竅其豐山之自鳴者乎潭際雙石其宋左師之每擊者乎是皆可謂鐘也然瀕流庶峯其下響若鍾者蓋鮮石之高大而叩之函胡清越如兩鍾石者亦安得所在皆是且山之以物象名者若石鼓文筆之類亦豈必爲天下獨然後名哉昉名山者其舟而察諸波閒邪果展而叩諸潭際邪抑若大寧之山嘗有巨石狀如大鏞而今已爲波淪之九鼎火焚之崑玉邪是皆不可知者事不目見耳聞而可臆斷其有無蘇之戒也前四人皆目見耳聞而言猶不能定於一余固不敢臆斷顧區區一山名何損益於天下亦無足深辨者闕之故老我

太祖高皇帝伐僞漢陳友諒時駐師湖口嘗登是山既而大捷友諒殪焉時群敵惟友諒最彊難克肆勞

六飛躬駕後戡四方皆指授將帥勢爲破竹然則湖口之捷實天下之基也方登山時

廟筭先定聖謨孔神髙陟遐覽之頃固已空七澤而奄八
荒矣抑或山靈水伯變草木為甲兵驅龍魚為蹕警以張
皇威助　聖武耶凡山川獲一賢貴登臨以名於世皆可謂
幸是山遭蒙
王趾親臨
龍顏寵顧一岑一壑至今猶有輝耀何幸尚焉古之人睹河
洛則思禹功往在元季微我
高祖民其殲矣今四海內外百年之間庶職恬逸萬民乂和
雖群動庶植猶勝於亂世之烝黎者皆
高祖戡定輯寧之勞而
列聖紹述煦嫗之澤也凡登是山者左顧彭蠡右瞻金陵江
漢之心其可已哉兵部正郎王尚忠嘗讀書于山之佛閣
間屬余言故為之銘俾鑱諸崖石用告来者舍其細而懷
其大云銘曰
楚有巨浸漫五百里曰鄱陽湖蓋古彭蠡陽鳥攸居禹貢
肇紀其委之窮或扼其衝有山特起嶫嶫穹窿水經載之其
名石鐘往在元季有梟橫厲江漢之間雲擾麻沸崇岡震驚
汔可小惕　天命
聖武舟師徂征矛戟百萬飈馳霆鏑烈火西耀煌煌赤城虜
衂而遁岠之湖口　廼躋兩鍾以望九有鑾旗前登羽衛擁後
猿麋群迸魚騰鳥將雲霞增耀木石焜煌
天覽電矚巳空荆湘玉輅方降徒音沸騰矢激酋殪厥衆角
崩或者草木奮為甲兵四方群敵茲虜惟劇一鼓殲之餘何
膚力席卷萬邦拯其焚溺永康兆民垂億萬世

峻德守勳惟天其至謂山益高昌足與覽山有巨石舊銘禹
功者飾辭彰有光流虹相古勳業亦銘鼎鍾於皇
聖明式配神禹宜僭厥銘以耀終古屬我臣民無忘
烈祖

猛 上親禦之將士皆死戰歷一二時遇春等左右夾擊
殺士卒無算張中矢百餘而退潛保鞋山不敢吐氣我師
亦據湖口扼彼喉襟列栅南北江岸置大筏中流水陸嚴
戒以候其發八月虜食盡還舟五百艘掠糧都昌又爲我
大將所獲壬戌虜計窮冒死突出將上趨九江
上命諸將一時俱合其大戰如戊子自辰達酉督戰益急
友諒中飛矢斃于舟中癸亥降其衆五萬
上命釋之不戮一人凱歌而旋舳艫相銜旌旗飛翻不疾
不徐委蛇而來萬姓歡迎俯伏道左山川草木皆有喜色
告廟飲至行賞論功賜遇春田若干永忠田若干其餘將
士賚金繒有差臣稽在昔曹操治水軍八十萬來攻孫權
而周瑜黄蓋敗之於赤壁苻堅發長安戎卒六十餘萬騎

二十七萬以侵晉而謝玄謝石敗之於淝水然赤壁不過
一焚而走淝水亦不過軍亂而奔初未嘗大戰也而史臣
且書之以爲千古美談矧今湖口之捷血戰累日天地爲
之晦冥日月爲之無光山河爲之震盪其神功駿烈炳耀
鏗鍧與天無極較之二國未足多讓而歌咏不作非甚闕
典歟臣謹備著其事撰爲詞頌一通以流鴻績於無窮以
俟太史氏之采録云其詞曰
天眷有德實爲哲皇肆其神略以靖寇攘義旗東指罔敢弗
恭風烈虎嘯雲游龍驤長淮既歸江左攸屬浙之東西樹侯
置牧乃建 國家以奠南服以懷中原以控西蜀蠢爾小醜
敢讐大邦集其兇頑鋒蝟斧螗輕涉我疆以跳以踉亦既剪
刈僵骸覆江游齊六軍直傾其穴釋而勿誅俾自懲刷闔胡

不然復豕而啞翹其蟲臂當吾車轍
皇明震怒歷告在廷是決不恢俞將往　征爾選舟師爾整甲
兵灊爾糗糧各罄爾誠搖光在中夷則之月禡牙江濱
皇乘巨艦以誓以戒以速其發紀律精明飈火奮激旟旐揚
揚舽漢江切艭所江切將將矛戈洸洸鎧胄明明載怒載厲載飛
載颭雄威所夲已無荊湘旣與虜逢大呼衝擊爇騰猋駭星
流火戟虐燄電奔巨轟雷劈殺氣冥濛不辨咫尺矢鋒所貫
什伍聯聯縱橫交紐命隕霣顛攢撓湊飄筋束蝟編流尸塞
川舟行弗前虜魄旣褫扶創而逸聚于湖奧僅存喘息我方
植柵江之南北火筏在流掩蔽如黿鼈歷四旬飛走途窮將
冐萬死以絕其衝我師見之千艫如龍似兔之走而鷹之從
酣戰六時由辰逮酉僇始蚗名一發殪此酋首貫睛及顱仆

若枯柳大憝旣除餘不能醜遽相告言我誠不振我華我頑
我歸至仁誰謂培塿可高嶙峋再拜稽首来降來臣
皇曰俞哉汝俘予受宥汝弗劉予汝父毋汝凍予衣汝餓予
哺昔何昏迷今始撤葤奏凱而旋騎吹鬱搖形於樂歌節以
鐲鐃飲至于廟頒賞于朝帛堆其家肉登其庖都人聚觀舉
手加額或嘆或謳有聲嘖嘖干戈相尋匪一朝夕自今昇平
可坐而筴惟
皇神武動則克之群策盡屈四方式之惟　皇寬慈降則釋
之義聲動盪疇能敵之惟　皇明斷遇事即決洞見千里不
膚一髮所以西征成此駿烈小大畢朝孰敢肆孽在昔赤壁
洎乎合淝事以幸集尚傳策書况茲之功俊偉赫熹揆古無
讓可無詠詩臣雖微賤文字是職對揚　皇休并獻臣臆三

代以還用仁興國　皇宜遵行永作民極

膏露頌

洪武二年冬十月十有三日甲戌膏露降于乾清宮後苑蒼松之上皇帝勑中官折示禁林諸臣光潤如酒凝結如珠昉白飴甘彌布松柯馨烈之氣鬯達左右勃鬱淋漓薰涵太龢天休震動中外嘆嗟又明日丙子

上御外朝左丞相宣國公臣善長帥群臣稱賀

上若曰甘露之降載在往諜然休咎之徵當以類應朕惡足以致斯卿等尚明為朕言之參知政事臣稼對曰聖人之德上及太清下及太寧中及萬靈則膏露呈瑞

陛下敬恭天地輯和民人故天不愛道而嘉祥徵顯也起

居注臣觀對曰

帝王恩及於物順於人而甘露降　陛下誕寬民賦衆庶驩豫底于敉寧神應之臻職此故也翰林侍講學士臣素對曰王者敬養耆老則甘露降而松栢受之尊賢容衆則竹葦受之今露降于松則　陛下養老之所致也宜以制幣策告宗廟須於史館以永億萬年無疆之聞

上情存損挹皆推而不居言既已丞相帥其班以退翰林學士臣濂竊伏自念氐比有星名爲天乳若明而潤則膏露下焉王者德格於上恩覃於下靈氛充牣秘貺斯甄此天人感應之常理也欽惟

皇上興自臨濠匹馬渡江十五年間遂成帝業天瑞育滋不一而足彩霞成鳳卿雲聚繡赤烏飛翔白兎俯伏瑞蓮

並蒂嘉木孕文實皆天之所命非人力所致而自至者今
又覩茲聖徵則其德洞淪宜功成不宰三瑞沓至千休滋
彰有不期然而然者矣雖然傳有之受命不于天于其人
休符不于祥于其仁所以孔子之作春秋祥瑞不書而有
年則書豈不以天道玄遠難知而人事之爲可徵者乎
皇上以天縱之聖留神至治以得仁賢爲瑞以五風十雨
爲祥視彼前代植金莖以承液夸嘉瑞以紀年者未嘗不
指以爲戒則其英明之識超絕之智卓冠百王爲法萬世
是宜美盛德之形容播諸樂歌被之管絃以示聖子神孫
於無窮云其辭曰
上天降康甘露之瀼於槃其英純乾發自陽以布於下方凝
於休祥其祥伊何靈氣孔多有甘者液載仁惟澤潛靈是錫

誕啓 皇之德天地相合瀜休翕集厭厭浥浥紛紛溶溶匪
隨日以食兆厥聖徵如卿之雲如景之星如日之重輪冲和
絪縕以文我太平惟 皇之聖貞符自應不早而泳不高而
迎萬祿之攸盛惟 皇之明貞符爾承不歆而傾不怏而盈
萬祿之攸寧休慶之卽四國之式有濯厥聲耀于千齡

嘉瓜頌

皇明式于九圍德漸仁被和氣薰蒸靈物效祥乃洪武五
年夏六月嘉瓜生於句容張觀之園雙實同蒂圓如合璧
奇姿分輝緋色交潤誠爲曠世之產壬寅京尹臣遇林函
以素匭圖其形于上移文儀曹請以奏聞癸卯尚書臣凱
等奉瓜以獻時
上御武樓中書右丞相臣廣洋左丞臣 庸同知大都督府

事臣英御史中丞臣寧翰林學士臣濂咸侍左右天顔怡愉重瞳屢囬良久乃言曰徵之往牒其事云何丞相奏言漢元和中嘉瓜生于郡國唐汴州亦獻嘉瓜禎祥之應有自來矣　陛下勵精圖治超漢軼唐故天錫之珍符太平有象實見于兹　上謙讓弗居俄而靈貺之臻復不可不承乃　詔内臣賁諸乾清宫翌日甲辰薦諸太廟臣濂退而思之夫瓜蓏勸果切草在魁蔣之屬也其蔓遠引其葉阜蕃諸傳有之神瓜合形表緜緜之慶此固光　聖子神孫享億萬載無疆之祉况瓜之所出本於囬紇中國討而獲之故名爲西方今　皇上命大將軍統師西征甘肅西凉諸郡俱下而瓜沙巳入職方行見西域三十六國同心來朝駢肩入貢天顯叶瑞其又不在於兹乎然而異畝同顈周公

作歸禾之篇三秀合圖班氏有靈芝之歌矧此嘉植含滋發馨昭宣我神應焜煌我王度寧可唶㘗於䶩𪖭於無聲二默而遂巳乎顧臣駑劣不足以美盛德之形容謹上其事願宣付史舘以備實錄復繫之以頌頌曰

乾道載清坤維用寧保合太和發爲休禎句容之壢物無疵癘神瓜挺出殊實同蔕瓜孰非單此合而生二氣毓質雙星降精密房均耳氷圭競美明月重輪彷彿堪象豈無實連産於户東叶疇若兹瓜協瑞聯祥亦有華平張翠作蓋疇若兹瓜交輝映彩其兆伊何蘿圖緜延西域旣柔德冐入梴群臣曰都載拜稽首神休滋彰

天子萬壽粤從啓運靈貺疊甄兩岐麥秀合柎方無切花蕚足孕蓮矧此貞符近在輦轂　王化自邇遠無不服

帝曰吁哉朕猶歉然瑞當在人物胡得專使物為祥宜獻清廟自我先人積慶所召孰瑞不矜　帝則弗居唯親是思我民之徒以實應天斯乃盛德小臣作頌以示罔極

鳳陽府新鑄大鍾頌

皇帝既正大統建都江表德綏威讋萬邦咸臣用群臣奏臨濠為龍飛之地賜名曰鳳陽南北民大和會百族錯居動十萬數然而物大而盛不假器齊一之無以嚴昏旦之禁乃　詔江陰侯吳良監鑄大鍾以定衆志以裨治化侯之受　詔遣使者至富春山中徵金工何成諭以天子明命卽日帥其屬十六人以從相地鳳陽城東三里摶泥成範畫其銑角衡之度侈弇為良篆帶以方候其燥剛始穿一十又三鍊青赤銅六萬五千斤並以洪武乙卯

冬十一月巳巳涖事厥明侯具法服以牛一羊一豕一祝告先冶之神禮既成橐籥咸興鼓動風氣炎光赫曦上貫霄漢絳液既澄氣憤雲洩循竇而入肅肅有聲陽施陰凝勁質斯具越二日辛未乃發復取牲血塗其釁隙以厭除不祥鍾高十六尺有五寸厚六寸徑十尺有五寸圍三十四尺有奇混融其輪圓燁燁其容輝信技殫於人巧妙奪於神功者也於是營構層臺副以簨簴聚千夫之力鉅絙而登之一杵之撞隱隱闐闐雷旋霆奔震撼太虛遐邇聞者靡不聳愕會濂扈從　青宮幸鳳陽親觀盛美侯遂請濂為之頌濂聞先王之世金部有七黃鍾乃樂之所自出而景鍾又為黃鍾之本所謂景鍾大鍾也其受至於九斛而止律呂由是而應陰陽由是而均夫豈細故也哉秦漢

以來寖失其制小鍾或數尺大鍾或容千石皆不本於律
度今我熙朝稽古右文定於中制宜尊乎天地爭洽神人中
和所致嘉瑞畢協增拓化原亦於是乎有賴非特嚴昏旦
之禁而已濂忝罪國史以文辭爲職業義當發揚蹈厲以
鳴 國家之盛侯之有請不敢固辭頌曰
維天穆清鼓以雷霆適昭天聲百物以生維
帝濬哲法天之烈大鏞斯揭元氣噴薄睠于濠梁真龍飛翔
乘陰御陽洗濯八荒神物攸起是爲帝里從者如雨於焉萃
止物大而豐往來憧憧節之以鏞因敦弗恭乃飭鳧氏乃具
爐錘乃烹乃鑄化金爲水赤氣夜明如日之升流亟而頳入
竇有聲彬彬斐斐功同神鬼不鉏不鋙輪圓順軌既啓其型
敢愛斯牲塗釁禮成榮光如星千夫齊力臺構懸植交扛孔

𤕤載考載擊宅兮圑圑鑼兮音賁賁摩乾盪坤以警昕昏發攄
靈氣昭融品彙物無疵癘年穀攸遂博碩而龐聲與正通拓
美集祥重于家邦惟
皇建極福之敷鍚制器有赫式和民則稽樂之原鍾實爲先
律呂以宣功垂不刊小臣作頌有美無諷悉咨于衆是傳是
誦

瑞麥頌并序　劉基

天厭元德九州糜沸群猾並作黎民惶惶奔走無路
皇帝提三尺劍奮起草萊指顧之間豪傑景附矛鋒所向
戰克攻取
皇帝心知
天意之有在爰舉有衆以與萬姓請命一征而取荆襄再

征而清浙江三征而閩海率從四征而席卷全齊五征而定周及梁遂取秦晉舉燕趙南交北貊東夷西羌海外之邦莫不望風遣使奉朔稱臣拜伏

闕庭於是民獲所歸上下神祇咸有依託慶雲甘露荐奏禎祥　帝心謙抑弗居洪武三年五月陝西寶雞縣

進瑞麥一莖五穗者一本三穗者三本兩穗者十有餘本蓋自兵興以來王保保據周宋李思齊張思道據秦燕晉趙齊梁之間大豪小猾或憑城郭或聚山寨皆假元爲名分割境土擅兵相攻於是燕晉周秦之地彌數千里連歲無雨百穀不生民相殺食且盡今年夏四月

王師奏捷于蘭州朔漢掃清關隴底定

天乃大降甘雨滋爲嘉瑞和氣致祥不亦昭哉周頌有曰綏萬邦屢豐年天命匪懈傳者謂商之季年比歲旱荒至周武王克紂受命而天下遂獲豐年由今觀之信非誣矣漢謠以麥穗兩岐歌其太守之美政則是兩岐之麥世所希有而況於三岐至五岐者哉頌聲之作弗可闕也頌曰

神雀赤烏其羽不可以爲儀紫達乎露其實不可以療飢豈若五穀之爲瑞可以厚民之生豐國之資者哉元失其鹿天下共逐擾擾紛紛強食弱肉

皇天振怒誕命

真主肅將

天威以靖區宇騎士如雲猛將如龍發縱指示悉出

帝衷既平南東遂定西北民居攸奠品物咸殖爰有嘉麥一本三岐布葉蕤蕤結實離離既齊既平先百穀成擢穎揚芒

金支翠英溥彼原田滃若雲烟望之油油郎之芊芊其種伊
何降自穹昊其瑞伊何豐年之兆豐年穰穰頌聲洋洋其始
自今奕世無疆

祀方丘頌

維洪武三年五月二十日戊申日北至
皇帝將祀
地祇于方丘乃先期九日潔齋于　舊宮
詔百僚集射西苑　命之曰古人有言惟德動天惟誠感
神故射以觀德誠於中者必形于外不可掩也惟爾庶官
各一乃心以致其誠毋替朕命群臣自左丞相宣國公以
下至于有司百執事皆拜手稽首曰敢不欽承
天子之明命維大江之南土每夏四五月多霖雨少霽是

歲雨作連日至十有七日乙巳
皇帝御法駕率百僚告于
太廟遂居于　齋宮雨勢未已至丁未日夜二鼓有風徐
來淋潦頓收徹月出雲氣霧廓清
皇帝被袞冕登壇萬籟無聲華燭有輝雅樂瀏亮燎烟不
搖百禮既洽千官肅雍洋洋乎神明臨之在上誠意懇至
升降秩秩濟濟翼翼穆穆如也比明竣事薰風應節和氣
交暢小大咸喜知誠德之感格若合符契大命所集
皇天后土信不忒也於是弘文館學士臣基謹獻頌曰
濬哲惟
帝父天毋地維孝維誠斯承其意孝誠既備物以將之神鑒
在德匪惟其儀　聖不世出禮失莫求弗澄其源曷清其流

水流之極禮儀弁廢豈無牛羊而不以祭穹祇赫怒監觀萬
方式昭　大命命我
聖皇維我
聖皇克孝克誠提三尺劍由一旅興奮于長淮長淮具宗濟
于大江大江攸同漢沔旣朝閩浙率從施及廣海化外之邦
望風占雲獻其琛賨稽首　龍墀蹈舞從容乃命虎臣越濟
踰河雲旆霓旌鐵馬金戈蹴蹈泰岱憑陵華嵩鋤秦鏟燕掃
貊滌戎莫亢我前莫膺我鋒斬逆懷降允協
天衷自西自東自南自北罔不懌懌戴
天子德
天子之德格于上下旣禋于　郊又敬于　社人懷其仁神
錫之嘏圓方所包無不服者趍黃邁唐越商踰夏小臣作詩

以繼大雅

平西蜀頌并序

臣聞
天命
眞主混一六合必先有以爲之驅除然後收拾以歸其籠自
古及今同一揆矣是故冬寒之極必有陽春激湍之下必
有深潭大亂之後必有大治理則然也元德旣衰九土糜
湍鴟張狼顧之豪彌滿山澤萬姓魚喁無所籲告
天乃命我
皇帝肅將武威代伐乎不道故一伐而定荊湖再伐而舉全
吳三伐而海甸廓清四伐而東粵南閩悉歸版圖於是四
伐中原拾宋掇秦犁趙拔燕兵鋒未至聲聞先及神讋鬼

慄匍匐俯伏玄羌青伏崑崙大漠交、趾鑢耳之國罔不獻
琛奉表稽首
闕下無敢後者獨明昇竊據巴蜀雖遣使奉貢而不去僞號
大臣皆請討之
皇帝憐其父没于幼數遣使招之不至乃命將帥師伐之洪
武四年大軍破瞿唐殺其將其郡邑鎮戍望風送欵昇乃
率其官屬奉璽印詣軍門請降葢自建國至是凡五年而
天下一統何其易耶固知　天命有在而群雄並起爲之
驅除也臣基受
恩深厚無能補報遥聞捷音歡喜踴躍不能自已謹撰平
西蜀頌一首雖不足以賛揚
聖德萬一亦聊以寓葵藿嚮日之忱云爾其辭曰

惟彼蜀國開自蠶叢山川隔閡與華不通金牛啓道厥竅斯鑿
峨峨岩嶤始連井絡秦以之霸漢以之王諸葛用之震驚北
方劍閣倚天瞿唐拆地仰不可攀俯不可視蠢兹恙戎憑其
險阻罔知　天命大邦是距洸洸虎臣受　命于征出師桓
桓如雷如霆如雷如霆
天子之威廟筭先定鬼神莫違靈旗揮揮指山山摧恙人失
魂悉若死灰爰將其臣奉其版籍稽首軍門面縛銜璧六軍
奏凱聲動玄黃黎童白叟蹈舞康莊四海會同豐年穰穰慶
雲甘露自天降祥臣拜稽首受
天之佑受天之佑
天子萬壽

東征詩有序
胡翰

淛東行中書右丞李公以親賢之重總制軍民輯寧金華嚴陵信安括蒼廣信諸曁五郡一州之地諸曁城小而偪於張虜雖以重兵鎮之虜猶數犯境上今年春遂大率其屬入寇邊吏告警公合將士由嚴陵馳援距諸曁新城十里曰龍潭據其地與寇相持明日寇以我師新集空壁豕突而前公望見卽下令曰彼衆我寡唯效死斬擊耳毋掠人馬貪而失利又仰而祝曰顯天佑社稷微臣不敢愛其生以縱敵於是將士皆奮公策馬陷其中堅手槍斃數人左右縱擊遇者靡地躪而殲之流血膏野斃者萬餘人逐北虜其驍將百數十人凱旋之日上功幕府公推兩指揮羣帥之力居多

天子嘉念之賜予甚渥昔南仲召虎左右王室戡除寇戎詩

人歌之不以二人克專勤勞顧乃歸美天子之命稱誦四方之平今日之事惟授任得人以故公與將士茂建厥績天下聞者皆知我師之罔敵舉群雄而脫其距角合海內而登于大一統之治昭哉徵乎其在茲矣不可唫無紀述廼叙而賦之以備凱奏焉詩曰

天造草昧篤生

眞主曁厥良弼天啓土宇自淛之東郡邑棊布阻山帶川樹屏爲固與敵相制邦之門戸匪親與賢疇克畀付桓桓我公兩有文武龍節虎符來自

王所坐總省轄出奠邦土于宣于蕃孰敢余侮蠢爾夷孽竊活鼎釜以其螳臂抗我戎輅歲直乙巳中纚建斗大裒厥兇深入我阻偪我新城摇我黎庶勢如累卵岌岌可怖邊吏驚

告公起馳赴軍于龍潭柵其高阜轅門方樹上食未饇寇偵
我勞謂可拾取蝟興蜂午鼎沸來縱橫深絕其澗高馮其陵有
輕我心不知我勅我用大奮奮其忠貞師直爲壯彼則何名
以少擊衆在古可徵爰令衆旅告厥神明願天孚佑爾衆欽
承毋利虜獲不竭股肱望其前鋒公則是膺挺身躍馬其揚
如鷹如鸇如虎其徒烝烝如雷如霆孰震弗崩東戈就殞投
刀乞生倏灘紛紜席卷而平流血殷野橫尸一成匪曰嗜殺
亦豈窮兵寇來授首唯惡是懲既懲其惡亦罔不矜亦莫不
寧大開日明衿甲旋旆肅肅其征推牛饗士獻俘于廷皇心
允懌是用大賚公走入覲稽首拜賜明明我
皇制勝萬里師力臣武悉任指使滄海波平金微道啓防風
不朝塗山用乂惠迪有慶從逆自殪公昔受鉞志在敵愾繼
今以往尚罔或怠不怠不亟公心抑抑下民是依庶吉是式
爲邦柱石以殿
皇國皇國既平四夷既率公之孫子與國罔極

行樞密院判官鄧公勳德頌 朱升

歲辛卯淮西兵起明年自蘄渡江者蹂躪陷徽江東大擾
至于丁酉六月之間勝負相尋徽民受兵者凡十有二矣
而猶不知所終也於是泗水鄧公奉
江南行省平章公命由宣取徽先聲所至不戮一人郡邑
以定公淑德夙成威信昭著始至則立城堡作廬舍旬日
竣事而民不知有役納降附下條教村疃怙服而民不知
有軍分兵戍諸縣掄才以官治之軍民有職上下相維遺
黎乃知免矣將官張思總戍休寧縣能宣布公之德美以

福其民庶又請邑士朱升作頌以傳之頌曰
徽之爲郡介乎萬山昔有華代招附以安曩歲淮兵渡江窺
浙直揭于徽肆其熖刼突來游至奔北相仍六勝六負哀哉
民生猗歟
辨章秣陵開省勳業崇崇紀網井井既克宛陵南復楚疆有
獻于 公請事徽方 公曰噫嘻無窮于遠蕞爾山城其邊
三面策者曰否彼隣杭封全有三關浙右囊中
公曰噫嘻茲爲重役總率招徠必資淑德曰鄧友德茁其蘭
芽汝父汝兄致命邦家宜衆未降長槍餘黨既屯于徽懼殘
彼壞事有機速爲我南行汝親吾養汝家吾承鄧公曰唯惟
辨章令 與章之心徽人之命爰勑渠帥卽日啓行銜兵之
胡新附之湯江淮之雄苗獞之銳列騎聯旗兩州相綴惟徽

厭亂城郭久空諸軍畢入誅其萊蓬既栅既城以營以室將
士分功成之旬日乃納降附漿酒温存受其雞豚爲之饔飱
使覿其軍使行其壘意氣包涵家人笑語民曰此軍與吾爲
儔曩者轢我吾寧服懷士曰此軍非曩之匹闇懊衣冠中原
典則曩之來者驅民爲兵何爲強弱徒殲厥生曩之來者每
專報復指擿吹求熾然荼毒今茲下令軍民判然不教之衆
奔北之先令茲下令 新自今日毋長澆風酷爲指擿流離還
定漸復其初里有耕桑家有詩書凡此之功在於鎮靜萬喙
同聲歸功于鄧鎮靜之道制勝之䂓謝公指顧秦敗淮淝鎮
靜之道敎治之式曹師蓋公民以寧一繄 公懿質
辨章登之進之于學王而成之雲臺元功 少年杖策人謂我
公今之高密以寇勞績以開隆平秉心罔 替引我民生徽民

顧公祝公眉壽仰彼昊蒼夕昕稽首戍將承德請作詩章刻
之縣齋以傳無疆

皇明文衡卷之十九

皇朝文鑑卷第八十九

三代之民加唐虞三代之令典矣遠近聞之其誰不感莫
而興起此所謂賞一而勸百者也不其休哉不其休哉夫
推明
聖意而播諸聲詩者史氏之職也因不辭而為之頌頌曰
天眷　聖神民君民師臣曰治民亦欲迪之
聖神奉天式和民則陰握化權作新萬國褒嘉節義錫以旌
書風行而表孰不犇趨非有館鐍自率規矩曰維既張五倫
攸叙吴縣有婦姚妻氏黄年二十九良人遽亡儲無儋石室
若懸罄毋子煢煢相依為命霜風凄其落月照帷間闗機杼
影與形隨人或憐之勸之他適胡乃茹荼有薺如蜜慷慨自
誓辭與涕俱可以人焉而犬彘如我不即死我志靡他我下
從夫我子何如子未成童掠於亂兵倚閭而望寒暑再更僉

曰已矣安知非死無子焉恃不嫁奚俟婦曰咈哉何言之卑
我志可易太山可隳我志不易仰天一慟血淚雨集時既寧
謐子亦生還雖無甘旨志養攸全郡守御史交謂宜褒乃具
封章乃請于
朝乃被綸音旌其閭里苦節之報厥其在是昔視其門門則
以席今過其門門有綽楔楔楔巍巍龍光有耀匪爾之私俾
世視傚嗟臣事君猶婦從夫凡百在位曷鑒曷圖婦道不虧
尚稱　聖意臣節殫竭有不寵異刻辭堅珉以昭鴻恩以揚
清芬以詔後昆

平雲南頌　王景

聖天子之御大歷服也維清緝熙載敭武功盪攘群雄混一
區函宇於是偃武脩文與民休息垂十餘年

皇帝若曰元綱解紐士宇瓜分朕奮起淮甸鏖戰番昜江漢以清擐甲長驅遂定中夏元君北跳秦晉吳蜀所向風靡不十年而成大業雖天命有歸皆師武臣之畧也維雲南一隅獨沮聲教卿謂何如僉曰雲南塹山墉壑狼子野心聚螫挺獸況把匝剌瓦爾密爲元臣子罔知天命宜其無嚮化心若以天兵臨之彼惡能敵

帝曰俞哉乃命穎川侯臣傅其西平侯臣沐其永昌侯臣藍其將鷹揚虎校之士三十餘萬聲罪致討樓船蔽江旌旗亘天星流電邁分道並進大軍繇貴廣軼普定下牂柯深踐不毛奇軍繇羅佐關擊烏撒攻可渡河大會于曲靖疾若風雨所向克捷元兵蜂屯蟻聚毋敢抗我師者先是下令曰若至曲靖便可輕騎長驅未至十里許大霿霧元司徒答理麻拒烏白江爲陣未成列我師泗水以濟徑前奮擊其陣遂亂達理麻陷于淖生擒之殺將士若干人元兵大奔遂分兵逆可渡河望風席捲梁王把匝剌瓦爾密棄城遁至晉寧率妻子死之雲南平自出師至是九百餘日得府州若干戸若干馬牛軍實無筭三帥承制建官大置鎮馬遂下大理拔金齒凡雲南故壤皆郡縣矣明年遣使降車里降緬降八百咸以壤奠貢洪惟

天兵不浹十辰拓地萬里西南諸夷悉臣悉妾何成功之速哉盖

天子文武神聖徯來望切而有三帥善長駕遠馭也上自漢唐以迄于元羈縻而已乃今與內地等功髙千古信乎王者之無外也又明年班師振旅獻俘授馘定功行賞封傳

其爲潁國公諸將以下進爵有差於乎古之有盛德大到
必形諸歌頌皇風興大雅作草茅微臣不敢多讓謹稽首
頓首而爲頌曰
皇明御天統有萬方際天蟠穹武功煌煌三光耀靈海宇聿
清叶氣嘉生烝爲太平蠢兹蠻方稔藏奸宄恇恇穰穰以褻
天常乾坤之量海嶽是包彼昏而狂誕敢吽啜
皇赫斯怒爰整元戎吉日載戒車攻馬同於鑠
王師赫赫桓桓天討是將震懾百蠻兵無留行勢若震霆日
星晦霧江海沸騰鷹揚曲靖俘彼絖酋征麾所指戴揚天休
戰不貪殺殺不却降斥原蹠旆以迄用康大憝聿逋篚玄籠
黃拓禹之跡維周職方表方建官棋布星分仡仡大城以奠
其民封豕脩蛇以變以化昔也獷㺄今爲騶虞載馹載伐戈

鋋不腥南金象齒罔敢弗庭凡此南功三帥僉同維一乃心
上毗帝聰大烈之麗超漢軼唐風雲會慶天地開張會朝
清明聖化基之萬國一統坐而鑒之草茅微臣作此頌焉
武功告成

四夷咸賓詩有序　　解縉

皇帝臨大寶之明年紀元永樂嘉與萬方共躋仁壽一德感
孚休祥昭應民安物阜四夷畢來東若朝鮮日本暹羅東
南若琉球中山南北有安南古城西南海東洋爪哇鬼方
緬國木邦孟定麓川威遠八百老撾思車西若烏思尼八
剌西北畏吾囟奴哈迷遠者數萬朝聞夕引奉貢儀物
皆至京師其文辭稱述盛德對揚鴻休誠服心悅發見
于外殊音重譯異服奇詭懽忻攸同嚮慕無已庶與聚觀

天下忭喜咸相謂
聖神光被如日月之照臨天行雨施妙運莫測垂裳拱手
於穆清而有生之類盛利見于四方萬里之遠鼓舞輻輳
而歸之來享來王而不能已吾民何幸而臻玆嘉會實萬
世一時也朝之群臣亦咸相謂虞舜有三苗之征周公有
戎狄之膺宣王逐玁狁而秦漢及隋疲弊中國力夫之爭
無時或寧唐宋否極上天厭罪命我
太祖聖神文武欽明啓運俊德成功統天大孝高皇帝起而
定之不令而從不言而化八表同風四十餘年
皇帝以聖繼聖比隆唐虞殊方歸命者接迹而至宜有詩歌
垂之頌聲軼遠古而過之又咸謂臣縉宜爲義不可辭則
合群臣百姓之言從容奏寫

皇帝曰咨周家九夷通道大保進旅獒之訓虞廷干羽既舞
伯益有儆戒之箴故愚者常以小康肆志賢者不以外物
動心朕方兢業於初服是何足云頌聲其爲作君臣相飭
之歌以繼虞周之治臣縉竊謂自古頌美而寓規諫皆臣
子懷誠委曲之小心臣愚不及此乃自
皇上發之是誠萬世一時也謹拜手稽首而獻詩曰
皇帝明德與天同運華夏奠安四夷効順限山阻海風氣不
通不招不約奔走來同梯陟跛阪航涉濤瀧沍寒瘴暑赤雪
玄霜殊形奇醜異服紛麗鬈髮焦赤睒睛深黃猩唇猳喙黎
面文身袒跣椎結皮裳卉巾離披落索搖曳縈纏鞮鞻殊音
侏離禽言咿嗢重譯舍館授餐窮物式陳兼金玉璣齒革羽
毛服食器用

皇帝儉勤異物非重厚往薄來懷柔無外八表同仁膺茲嘉
會以心感人人心自歸其來無喜矧往或追陋彼漢唐好大
喜功本之不競而末是從苟得其人不為富強苟得其地不
足廣疆耳目細玩惟彼所産躭玩惑心海之已晚
皇帝明德謹之於細慎始惟終圖難於易照乘之珠衆庶所
嘉詎若得賢照千萬里四夷畢來衆庶榮之曷若中夏一民
無饑明良責難安不忘危小臣作戒賢聖是師

御書嘉禾詩頌有序

洪武二十有八年秋九月壬辰朔庚戌北平永清衛之龍
門禾有異莖同穗之祥其三榦合為一仍三穗者二二榦
合為一仍二穗者六是歲大熟今
上皇帝遣使來進群臣上表賀

太祖聖神文武欽明啓運俊德成功統天大孝高皇帝親御
翰墨為詩一章以賜今
上皇帝其詩首言創業之艱天命之不易除暴禁亂之師撫
民致治之略中言天錫豐登之屢史書垂示之嚴明堂禋
薦之重末示謙冲戒謹之意為善不足之誠大矜下民之
惠與民同樂之盛心溢於言表蓋不以嘉禾之祥為可矜
而以為可懼而思以自勉
聖不自聖兢兢業業足以垂訓於千萬年今
上皇帝服膺聖訓念手澤之存諷誦追惟不能自已乃永樂
三年九月朔旦用摹勒于石拓本裝治成軸分賜諸王及
近臣於是臣縉亦得與賜焉又適有嘉禾之瑞臣縉仰惟
日月之光華昭著于天地其溢而上者為慶雲為景星為

霞五色其下者爲璚珠爲美玉爲丹砂使人歆慕而寶愛者皆日月之餘光也古先聖帝明王有日月光華之德其禮樂文章流風遺韻之傳若詩書所刻百世之下光景常新猶足以使人歆慕興景星慶雲諸福之物同一快覩而況身被其澤目覩其盛鼓舞涵濡其有不發而爲華封之祝康衢之謠以自鳴其慶幸之萬一乎實人情之所不能自已也拜手稽首而獻頌曰

洪武乙亥秋穀登朔方龍門嘉禾生三穗二穗交兩騰異本同類同敷榮並珠金粟偶露凝親藩錫貢來神京玉匣上有黃雲蒸衮衣當日御彤廷百辟忻嘉陳休徵四野懽呼傳頌聲

帝曰俞哉稽之經旅命歸禾稟不矜作詩致戒尤丁寧昌言受命畏天明降福穰穰恐弗勝膚錫親藩鍾 聖情亦知玄德由兹弘十年事驗 天威靈 聖孝通天推至誠永樂重華信有禎 賜詩日閱心屏營手澤猶存訓服膺每御翰墨懷墻羹想當 睿思玉几憑智周入極通杳冥重念稼穡憂農耕暑寒怨咨憐獨煢祗頌年登百穀成群臣環列忭且驚百神降監來軒楹雲霞的皪飛陶泓鴻章

聖藻驅風霆造化萬彙皆流形工巧人爲何足稱奎章爛爛不可名但見東壁餘光精刻以端溪紫玉英摹本裝以龍鸞紋頒錫群臣荷

寵榮天球大訓河圖并人文至寶奠八紘夜夜虹光燭太清

聖子神孫萬億齡萬世黎民歌太平

視學詩有序

胡廣

皇帝即位之初載夙夜延訪群臣博詢治道從容燕暇召日
三儒臣于前而諭之曰使天下人人崇尚儒術其道何由
咸頓首惶懼不敢言明日又問訖無敢以對
上曰必使天下人人崇尚儒術其機在上於是咸稽首曰誠
如
陛下所言至是求賢之詔屢下凡嚴穴幽潜之士占一技能
者卿禮聘至
闕下親承顧問命之以職而優待之故四海之內罔有遺才
焉明年策多士于廷簡其尤者二十八人俾究極群書期
其至于古人一切政事不以干之恒祿之外復有他賜鼓
舞作興之道至矣天下之士聞風而歆慕者皆奮躍於下
有菁莪棫樸之盛乃永樂四年二月朔勑群臣曰孔子萬

世帝王之師其道之在天下載於六經天下不可一日無
生民生民不可一日無孔子之道朕將臨國學躬禮孔子
以稱尊崇之典所司其差吉日行之於是有司差以三月
朔日辛卯是日時奠
上備法駕謁廟行舍菜禮先是命禮官考謁廟儀禮官奏宋
服靴袍行再拜
上曰見先師禮宜過厚至是
上服皮弁行四拜禮　禮畢
駕幸太學授經祭酒　臣儼司業臣智賜之坐講文武三品
以上及翰林儒臣皆　賜坐聽講講畢賜茗飲降
玉音難問勉飭衣冠　之士及四夷之人圜大學而觀者以
億萬計視東京永平　無足言矣明日臣儼臣智率六堂儒

生上表謝錫賚有差大宴羣臣于
奉天門莫不懽忻踴躍以爲自古帝王崇尚儒術未有若
此之盛臣仰見
太祖高皇帝旣成武功大興文教臨幸太學親講經書與諸
儒難疑答問終日弗倦今伏遇
皇上尊信儒術躬率舊典有光前烈揆諸古昔誠無與比故
盛治之風薄極海宇凡四方僻遠非一譯所能通者遣一
介之士持咫尺之書以諭之莫不奔走順服頓顙闕庭夫
豈威力所能強是皆文教躬行之効也臣維孔子之道與
天地相爲終始其在於人心者昭晰不泯當
聖人在上天下文明則其道大行
皇上全聖智之德居至尊之位慨弘治教表章孔子之道如

日麗天中四海之民皆仰見之俾知所趨向
皇上作興人心推明世教誠有以度越千古非近代帝王所
能及也臣廣猥以菲才幸依日月之光獲覩文明之盛職
在紀載不敢以默謹述爲古詩一章以獻以播盛美於無
窮焉詩曰
維古聖神繼天立極爰修教化以彰明德曰堯舜禹所傳一
心無間顯微爰有古今學校之政敎化先務三綱以正九疇
攸敘周綱解紐正路日堙不有至聖孰宣人文大哉孔子道
高德厚出類拔萃生民未有祖述憲章乃欲無言賢於堯舜
事功則然敎化無窮如天斯象六經昭晰萬世尊仰至治之
要一本於茲生民永賴帝王寔師於
皇太祖受天明命道侔天地卓冠前聖武功爰定文教肯崇

表彰絕學大闡休風載新庠序甄陶士類親臨璧雍以嚴祀事躬御講筵觀者如雲衣冠萬國集于橋門猗歟盛哉亘古莫比爲憲萬世式承無已

皇帝纘承舊章是遵緝熙聖學弗懈益勤季春初吉躬視廟學舍奠先師秉虔有恪袞服大圭杲弁煌煌穆穆清廟濟濟祼將載臨講席列侍群儒紬繹問難六經群書聖道顯明

皇心以喜章甫逢掖蹌舞士子圜瞻萬億華夏蠻貊左衽雕題亦皆夷懌治有先後教有本源仁義之訓彌久彌敦於昭

聖皇遹駿有赫洪化維神無思不服

平安南詩　　楊士奇

臣聞天以風雨霜露育成萬物聖人以禮樂征伐綏輯天下一出於至仁周之文武皆一怒以安其民故雖聖人不

志用兵亦不去兵以爲治洪惟我

國家肇興

太祖聖神文武欽明啓運俊德成功統天大孝高皇帝深仁大義順天應人平靖四方以教以育罔有孽害時調泰和

至于

皇上益廣仁義禮樂之化海內奠安四夷嚮慕小大遐邇熙然同春惟是安南其王孱微其賊臣黎季犛暨其子蒼沿襲悖兇屢弑國王淫刑暴斂毒虐下人滋久滋甚

皇上閔焉弗寧發詔使諭使遷悔賊罔悛畏數侵掠厥鄰占城又寇我思明祿州寧遠之地在廷之臣咸請發兵討罪

上曰彼匪人乎斯不可終化發詔使申諭焉賊聞其至有遣猾子奔來京師即

撫綏土教撫中國與同遠之中國與家行
毋若年詔軍門言曰推敎安南王書遣黎蠻于陶果由遣
聖天子不忍爭致萬里外正負主故欲系昌宮口鼎鐵父
告汝藩書曰汝幸復見今日幸
未安南王遺詔民既圖有豪害人豪京今即有米繁其所
於往數次下遺一入乃蘇所奮從各民所苦羅其禁數
兆賊窮迫盡棄其敢窮其舉數入近海追其王所通之
降師度富民工入其東都故人入其西都故如舊入之
民乃歸者百萬往于賞上民聞王師來無門言曾圖文社
王遺詔于軍亮合民往故推撫詔人安南飢寒撫其
言政有優害自既殘多數盜播家文圖翻多盜甚谷求其
眾所說欺民故困于盜國改作吉文其以平往毋有優

弟釋暨同惡以詰弟釋乃厥脅從罔釋弗誅脅從被擄率來歸者咸
士臨江深之論之曰汝其于征行天討誅其盜罪人于必誅
賊師發金川門
軍左右參將暨神機將軍番薦縣將號討
乃告祀天地宗廟及天下山川命征夷將軍右副將
將往大正匡于古用大董盜驕命臣大贊之安
迪至于再三而黎賊弗悛推于弟遂迪于文禪
弗悛推于弟來入有弗由遍而詐弟乃有弟
皇上震怒召文武大臣諭曰天命將康一尺
教殺其主謂千事開
上曰欲其有年于遣名出大將
上表請遣以

聖化俾我暨我子我孫咸免於夷狄禽獸軍中獻所獲俘且
具言民所欲
皇上重違民意下詔郡縣其地選置守吏復置交阯布政司
總之在廷文武羣臣上表稱賀臣惟安南本漢南越地武
帝置交阯郡暨五季丁氏竊據之始僭稱王宋弗能制因
授之卒循爲常更歷數姓蟠結深固屢叛弗服宋元數舉
兵誅訖無成功
皇明奄有四海率先欵服曾不踰世終梗冠盜天地之德務
隆包荒累誨弗悛肆急擾溺仁義之旅弔伐並行恩威所
臨有迎無拒累月之頃肅清兇慝大拯塗炭弘復疆土功
德後茂振古無倫焉惟古帝王施德建功皆有頌歌傳播
後世臣忝列從臣後輙倣古作者之意譔平安南詩一首

以示後來謹拜手稽首上進詩曰
維天生民咸俾遂適有攸弗及肆命有德惟德格天爲君爲
師以教以治俾適咸宜天啓
皇明悉畀所覆明明
太祖生育教誘衣之食之邇安遠歸禮昭義布長幼尊卑
皇帝繼統四方萬國益富而教和豫安適蕞爾蠻交醜孽其
間爲狼爲豺小大畢殘
皇曰彼醜匪異人類厥或改率予其化誨誨言諄諄弗遷益
驕戕暴厥鄰盜我邊郊肯辟文武頻伏陛言弗時翦屠將俾
蔓延　皇曰申誨循或改率弗改弗率跳梁狂僑僞恭籲命
賊我使人暨彼遺孽磔身百分
皇曰彼醜獸心靡易蝮蝎弗除遏遺嘉稷惟

皇上帝付予八埏有溺弗援予滋違天誕命將臣曁旅師徒
往勵汝勇往宣汝謨咸弔困窮殲惟醜虜職敷予仁匪曰究
武六師遄邁爵直氣厲涉危蹈深若履平地嘽嘽烈烈赫赫
業業如飄剟剟如霆戩戩殲彼醜虜脅驅爲拒仁威天降孰
有強禦雞翎夜闢富良爲帶投兵委戈奔降迎拜乃入交城
乃走黨渠槊之海隅如探取鷇乃咨脅從悉解而縱乃視交
人弔其疾痛交人悴悴爰始色温舒其兢兢爰始笑言交人
有言我困荼毒　天子生我旋禍爲福交人有言我初匪夷
逖遠淪汙陷玆塗泥　天子聖仁曷返我初內我庇我永康
不虞俘獻于廷　天子受之民有頹欲
天子予之四夷有聞懽喜告語　天子聖仁我有父母救民
之疾不以遐僻有梗弗率必誅不釋

天子聖仁孔武且神孰其爲梗鑿彼交人芒芒四裔威服德
拊巖巍巍中夏尊安鞏固海航陸車來享來庭千萬億年拱我
皇明

平胡詩

洪惟　上天眷佑我國家
皇帝陛下以至仁大聖纘承
太祖高皇帝鴻業爲億兆生民主綏靖涵育四方萬國林林
總總之生皆鼓舞忻戴趨走承奉惟恐不及至於朔漠獷
表辮髮之衆各率其屬歸誠慕義拜俯
闕下蒙荷官賞者不可勝計惟本雅失里弗率保強化外
皇上推天地之大德謂率土皆朕民其可使一芥獨失其性
屢發詔使撫徠之虜弗悛益甚要執我使臣侵擾我疆埸

疆埸之民罹其毒虐
皇上憫焉弗寧謂皇天既付予天下天下有一民一物失其
所予曷敢坐視不卹且仁者不姑息畜患以厲民虜怙終
不可赦予必躬往視師以永寧我宗社生民時
車駕巡北京詔　皇太子臨國至是復詔　皇太子告　天
地宗社及詔告天下以發兵所由遂命將閱師永樂庚寅
二月丁未　車駕發北京既出塞踰五雲關道歷虜册龍
旂所嚮上天助佑風日和融消剥寒沍坤靈協賛積鹵之
野咸出甘泉虆清芳冽隨地而有士馬所過無不飫足衆
心懽懌咸懷敵愾五月巳卯　車駕次玄溟河本雅失里
率衆迎拒
皇上以數百騎獨先大破之諸將率麾下繼進奮驅逐北本

雅失里盡棄其族屬牛羊輜重以七騎遁去諸將咸請追
戮之
皇上謂帝王除暴祛之而已不窮殺以為武時將士生縶虜
衆來獻者萬計詔悉去其縶虜衆有釋兵以其屬來附者
又萬計
皇上進而諭之曰若等悉吾民困于允孽懷畜憤鬱不獲自
歸久矣今朕不遠萬里來為爾除害勿有疑畏悉給予所
獲孳畜俾自擇便地以居皆懽喜膜拜舉手加額呼萬歲
虜衆遂平獨支寇阿魯台初聞天兵且壓境率衆先遁上
曰此虜竄匿不能遠當還師撲之如拾芥耳及班師六月
甲辰至靜虜鎮寇衆來奔者具言其狀徑搗之寇迫急請
降

皇帝有詔厥衆咸赦解其縶縛綏其降附曰予寧汝汝罔予
懼汝飢錫汝馬牛肥羜蘇其創殘伸其噢咻如旱惔焚霈沛施
甘雨懽呼膜拜
皇帝聖王我昔罔知今我父母
皇帝神武德施弘溥惠彼朔野同我中土夷堠去防罷其邊
戍邊人肆寧如愈沉痾虜人始悔知寢斯寤往來孚好無有
疑迕
帝曰康哉其還于篤雍雍凱歌懽騰載路四方萬國奔賀拜
俯
皇帝功德超冠千古相彼自古夏殷而下漢唐暨宋咸弊戎
侮于備于禦不以晨暮財殫力劬卒罔驅去　帝御九五降
治弘化肆揚神武抉剔民惡洗濯膻蕩俾民得所五兵偃戢
四海熙豫宣昭人文丕闡皇度億萬斯年永降
宗社臣謹作詩以繼肆夏

清邊頌　鄒緝

臣緝稽首頓首言臣伏惟
皇帝陛下以天錫勇智之資具聖神文武之德紹嗣
太祖高皇帝之統緒克勤克慎懷保小民外暨四夷咸加惠
撫
威德所至無遠不服東極朝鮮日本南踰交趾西抵番戎
大邦小國以至海外諸蠻夷君長悉皆臣附來朝貢獻不
絕而獨比邊殘胡遺孽未底寧順往者阿魯台梗化弗庭
數為寇害
皇上親御六師以討之阿魯台奔命不支由是款塞稱臣朝

緝不勝慶幸謹撰永樂清邊頌一篇拜手稽首以進其辭
曰
聖王在御四夷咸附悉享悉臣孰敢違忤天之所覆地之所
承殊方絶域莫不來庭蠢茲醜虜包有遺枿喣沐涵
恩以長以息惟
皇之德懷附以仁錫之封爵俾長其人大漠之墟窮陰之野
息養蕃滋以有羊馬乃逞其兇乃肆其奸驕欲是爲因搆兵
端同類相讎遏我來附掠境盜邊以啓
皇怒
皇帝曰吁曷可不治宜飭六師往伐殛之乃修我戈乃整我
旅乃奮我謀乃振我武旗纛旄鉞連屬後先撥金伐鼓震盪
山川北出興和直指沙漠虎旅長驅聲震窮朔進抵其巢索

虜震驚百萬之衆如雷如霆如熊如羆莫不齊奮電掣飈馳
川嶽變眩天戈所指孰有不摧既殲其衆亦殞其魁遏彼大
酋剪其遺孽投石糜轂振枯隕蘀陰山瀚海所向無堅順附
則全違迕則顛既剗既除既獮群醜盪剔腥羶蹤遠斥堠旋
師飲馬撫納降胡綏之懷之其來塞塗凱入居庸萬民呼抃
鐃吹高喧懽騰交甸邊塵絶息
皇心攸寧飲至策勛賞賚兼行爾侯爾伯錫爵進秩爾將爾
吏咸加優恤
皇曰汝士惟汝予功嗟汝勞瘁其休汝躬無功不酬無勞不
録凡在予行悉蒙優渥群方九有同仰
大明無小無大各遂生成乾端坤倪清夷軒豁異域殊邦悉
從包括　聖功既遠　聖德益昭霈澤旁施上薺軒堯選賢

任能置在左右同享太平以期永久三邊靜謐烽燧不傳於
皇
聖世惟億萬年

騶虞詩有序　梁潛

臣聞自古聖帝明王至治之極必有禎祥若麒麟鳳凰醴
泉甘露應時而産皆所以符聖徵彰至德者也乃永樂二
年秋八月
皇帝家弟
周王畋于鈞州厥有異獸白質黑章貎首虎軀其狀孔威
不可迫視
王俾部曲侯之其性孔仁遂擾致之以詢之故老蓋古所
謂騶虞者此其是已夫惟人君有至信之德則見於是九

月丁未
王率厥屬表獻
闕下
皇帝服皮弁服御
奉天殿以觀不震不動彔伏自然
皇帝若曰厥爲嘉瑞予罔敢知維致自昆弟之邦予其嘉焉
於是
太子太師淇國公臣丘福謹率百官上
千萬歲壽既而京師人士忻喜聚觀咸以爲聞自古昔見始
今茲臣潛伏覩盛典不敢自默退而考之騶虞詠於詩記
於禮列於傳記或以爲義獸或曰仁獸或曰聖獸至以爲
嘉祥者則其言皆同也傳曰國家將興必有禎祥洪惟

皇上紹登大寳率由
舊章親視而仁民恩沛而義洽萬方咸和以及乎庶類悉同
頴於郊[illegible]成穗於野文犀白象諸福之物抑之而愈臻却
之而復至何其盛也豈非上天以是昭至德哉臣潛忝職
記注苟不形之歌詠以垂示無窮輙爲不職謹百拜稽首
而獻詩曰
於穆
聖皇綏懷兆民端本自家篤於周親恩沛義洽如煦春陽至
和沖融發爲禎祥禎祥伊何厥惟騶虞產于王國惟
皇德符　王馴致之獻于
帝庭素質玄章雲舒霧凝
帝乃觀焉載戢其爪爰言究之踐匪生艸吁嗟騶虞外何其
威內何其仁匪苞而鳳匪角而麟吁嗟騶虞曷爲來哉
王拜稽首
皇則召之
皇之仁民淪膚洽肌弘暢旁達物以不疵
皇之孝友本乎至性萬邦咸懷物以類應
皇帝曰俞惟王信恭王乃麟趾奚必騶虞
皇帝曰吁凡百在位惟德召和匪物其瑞庶臣拜手
皇帝萬壽慶祥畢臻德音是懋

瑞應甘露詩　王直

臣聞聖人之德配天地則天地之心欣合無間故必凝英
萃和以昭其盛若黃帝之甘露虞舜之卿雲是也恭惟
皇帝陛下以至誠之德統承

太祖高皇帝基緒繼述之孝不忘乎 公遵用舊章未嘗改作
德化所及罔不愛戴故自天地之所覆載日月之所照臨
無有遠邇熙然泰和動植之物亦各生遂而
太祖高皇帝之盛德大業愈益元明是以天發其祥地闡其
瑞景星慶雲醴泉甘露嘉禾瑞麥麒麟騶虞諸福之物駢
臻沓至此臣等之所親見天下之所共知也而聖心惓惓
益勤不懈乃永樂十七年十一月 日甘露復降于孝陵
凡四日松柏之上凝爲王脂融爲瓊液粲若垂珠聯若編
貝臣民聚觀跛舞懽抃咸以爲甘露之降不于其他而于
孝陵者蓋 聖孝所致也於是
皇太子命採取馳獻于北京
皇上祗薦 宗廟傾賜百官芳香之氣旁達左右甘美之味
莫可擬倫誠天地之精英 聖明之上瑞所以彰
皇上之大德爲 天地之所悅鑒 景命之隆長太平之悠
久歷千萬世而益盛也昔虞舜有卿雲之辭百工相和而
歌之萬世之下因是想見帝舜之德使人起敬起慕今
聖德之大實同 天地甘露之瑞不減慶雲是宜有紀也臣
愚不自揆輒形之聲詩以繼虞廷之歌垂之萬世使知
聖德格天之盛巍然煥然如此臣等誠懽誠忭稽首拜手謹
言 甘露昭
聖孝也
有瑞甘露其集瀼瀼被于長松孝陵之岡如珠之英如瓊之
璟於粲其光承彼朝陽有瑞甘露其融湜湜亦被于柏 孝
陵之側如肪斯白如王斯潔其馨有烈敷暢旁達維彼露兮

天乳之滋維此受兮 上帝之貽 皇有大德神人具依集
此大瑞福祿攸宜 皇德之大實配于天永言孝思
太祖是憲懿彼舊章于嗣于宣夙夜敬恭穆穆乾乾維
太祖肇邦皇以廣之維 太祖受命皇以康之顯顯大猷萬
邦仰之巍巍成功無以尚之
上帝 太祖樂此德馨屢開厥祥甘露斯零甘露斯零維
帝命是膺維 太祖是承 皇祚以攸寧乃取乃獻
皇太子之恭乃賜乃頒以洽于臣工匪飴匪酮旣甘旣融靈
液攸降物莫與同臣拜稽首
天子萬年以臨下民以對 上天維禎維祥繼繼綿綿
聖子神孫萬世之傳

芝頌

禮部尚書毘陵胡公於廨署之南作小軒以爲思政之所
凡公之佐
天子舉禮樂以施政教則必思其宜於此而後行之天下公
忠信明達君子也其精神感而和氣應之蓋有不期然而
然者宣德八年九月軒之中甓甓隱起發而視之有芝生
爲其色純白如刻玉如截肪輪囷敷暢鮮潤華好公卿大
夫來觀皆以爲瑞而賛詠之夫芝之瑞始於漢重於唐至
宋而極盛蓋謂和氣薰蒸之所成非人力能爲也然彼宮
殿門廡之所產者國之瑞也生於士大夫家倚廬齋閣之
中者家之瑞也今皆不然惟於公思政之所見之蓋公盡
心於其職故天以是彰厥美則茲瑞爲公精誠之應無疑
也然竊思之公之所任大矣其應亦有大者焉此特其兆

也禮曰樂者天地之和禮者天地之序又曰禮樂極乎天
蟠乎地行乎陰陽通乎鬼神此豈細務哉今上有
聖明之君而下得公之賢以爲臣厚禮樂之本達禮樂之
用極其至也天地安其位日月著其明四時寒暑順其序
明而爲人幽而爲鬼神流而爲川峙而爲山精而爲百穀
粗而爲草木鳥獸一皆遂其性無毫髮爽焉至和之氣充
周于六合之間則甘露醴泉器車馬圖龜龍麟鳳諸福之
物靡不畢至而國之大瑞備矣故曰此特其兆也有其兆
而賛詠之思泝繪其大者云爾烝民之詩尹吉甫送仲山
甫也而序者以爲美宣王蓋能任賢使修其職宣王之美
見矣今公之有此皆 上委任之所致則諸公之賛詠雖
以美公而亦以美 朝廷也作芝頌

春官名卿禮樂宗盛誰任者昆陵公美哉新署翰穹崇華軒
結構居南東 聖明在上眷遇隆懷清履直持敬恭孜孜夙
夜亮天工施諸政敎審厥衷精誠孚暢靡不通靈芝煌煌産
其中至和絪縕之所鍾殊姿客理鮮且重刻脂鏤玉紛總瓏
參成樊桃差可從瑤英紫脫徒芃芃嘉生本自造化功滋殖
豈與凡卉同知公秉德久愈克輔翊翼
帝道宣 皇風上追夔夷躡高蹤體信達順更豐融四靈畢
至百福隆君明臣良格昊穹頌歌繼作聲渢渢鴻名赫奕垂
無窮